DIÁRIO DE UMA PAIXÃO

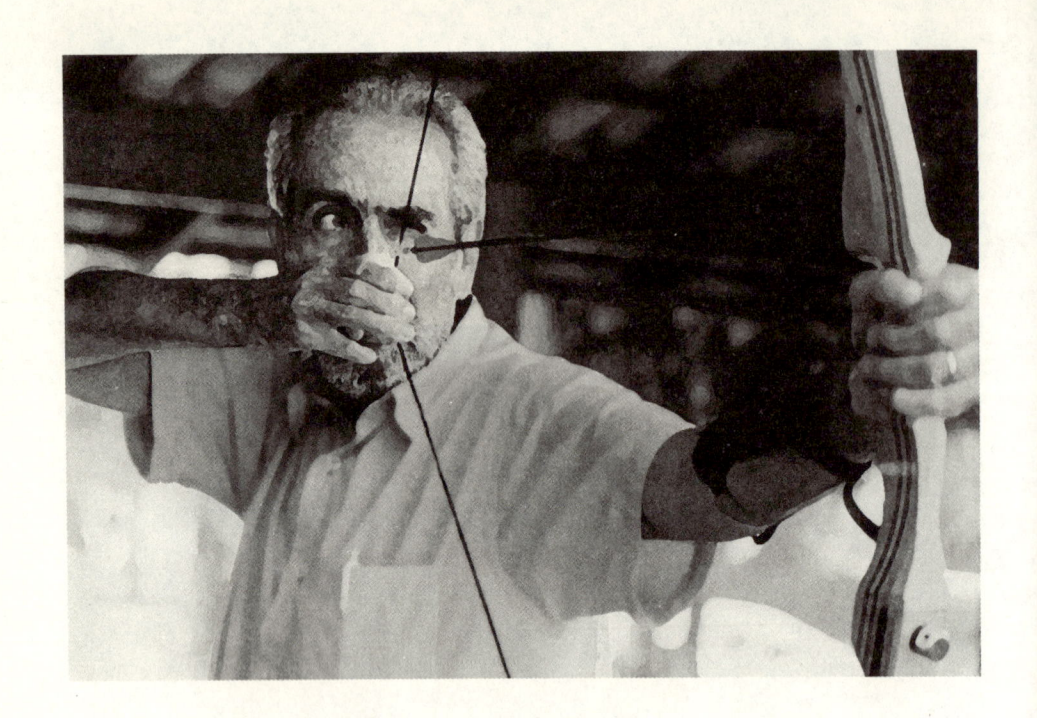

O Arqueiro

GERALDO JORDÃO PEREIRA (1938-2008) começou sua carreira aos 17 anos, quando foi trabalhar com seu pai, o célebre editor José Olympio, publicando obras marcantes como *O menino do dedo verde*, de Maurice Druon, e *Minha vida*, de Charles Chaplin.

Em 1976, fundou a Editora Salamandra com o propósito de formar uma nova geração de leitores e acabou criando um dos catálogos infantis mais premiados do Brasil. Em 1992, fugindo de sua linha editorial, lançou *Muitas vidas, muitos mestres*, de Brian Weiss, livro que deu origem à Editora Sextante.

Fã de histórias de suspense, Geraldo descobriu *O Código Da Vinci* antes mesmo de ele ser lançado nos Estados Unidos. A aposta em ficção, que não era o foco da Sextante, foi certeira: o título se transformou em um dos maiores fenômenos editoriais de todos os tempos.

Mas não foi só aos livros que se dedicou. Com seu desejo de ajudar o próximo, Geraldo desenvolveu diversos projetos sociais que se tornaram sua grande paixão.

Com a missão de publicar histórias empolgantes, tornar os livros cada vez mais acessíveis e despertar o amor pela leitura, a Editora Arqueiro é uma homenagem a esta figura extraordinária, capaz de enxergar mais além, mirar nas coisas verdadeiramente importantes e não perder o idealismo e a esperança diante dos desafios e contratempos da vida.

NICHOLAS SPARKS

DIÁRIO DE UMA PAIXÃO

Título original: *The Notebook*

Copyright © 1996 por Willow Holdings, Inc.
Copyright da tradução © 2017 por Editora Arqueiro Ltda.

Esta edição foi publicada mediante acordo com a Grand Central Publishing, Nova York, Estados Unidos.

Todos os direitos reservados. Nenhuma parte deste livro pode ser utilizada ou reproduzida sob quaisquer meios existentes sem autorização por escrito dos editores.

tradução: Viviane Diniz

preparo de originais: Renata Dib

revisão: Luis Américo Costa e Sheila Til

diagramação: Abreu's System

capa: Raul Fernandes

imagem de capa: © Ayal Ardon/ Trevillion Images

impressão e acabamento: Cromosete Gráfica e Editora Ltda.

CIP-BRASIL. CATALOGAÇÃO NA PUBLICAÇÃO
SINDICATO NACIONAL DOS EDITORES DE LIVROS, RJ

S726d   Sparks, Nicholas
            Diário de uma paixão/ Nicholas Sparks; tradução de Viviane Diniz. São Paulo: Arqueiro, 2017.
            176 p.; 16 x 23 cm.

            Tradução de: The notebook
            ISBN: 978-85-8041-670-1

            1. Ficção americana. I. Diniz, Viviane. II. Título.

17-38910   CDD: 813
                                      CDU: 821.111(73)-3

Todos os direitos reservados, no Brasil, por
Editora Arqueiro Ltda.
Rua Funchal, 538 – conjuntos 52 e 54 – Vila Olímpia
04551-060 – São Paulo – SP
Tel.: (11) 3868-4492 – Fax: (11) 3862-5818
E-mail: atendimento@editoraarqueiro.com.br
www.editoraarqueiro.com.br

*Este livro é dedicado com amor a Cathy,
minha esposa e amiga.*

Milagres

❦

Quem sou eu? E como, eu me pergunto, esta história vai terminar?

O sol nasceu e estou sentado junto a uma janela embaçada pelo sopro de uma vida que passou. Sou uma visão e tanto esta manhã: estou com duas blusas, calças pesadas, um cachecol enrolado duas vezes em volta do pescoço e preso em um grosso suéter tricotado pela minha filha trinta aniversários atrás.

O termostato no meu quarto está no máximo e há um aquecedor menor bem atrás de mim. O aparelho estala, geme e cospe ar quente feito um dragão de conto de fadas, mas, ainda assim, meu corpo treme com um frio que nunca passa, um frio que vem se formando há oitenta anos. Oitenta anos, penso às vezes e, apesar de aceitar bem minha idade, ainda me espanto por não conseguir me aquecer desde que George Bush era presidente. Imagino se isso acontece com todos da minha idade.

Minha vida? Não é fácil explicar. Não foi tão empolgante quanto pensei que seria, mas tampouco vivi enclausurado. Acho que foi mais como as ações de uma grande empresa: bem estável, possuindo mais altos do que baixos e tendo uma tendência a subir gradualmente ao longo do tempo. Uma boa aquisição, feita com certa dose de sorte, eu poderia dizer. E descobri que nem todo mundo pode afirmar isso sobre a própria vida.

Mas não se deixe enganar. Não sou nada especial; disso eu tenho certeza. Sou um homem simples, com pensamentos comuns, e levei uma vida modesta. Não há monumentos dedicados a mim e meu nome em breve será esquecido, mas amei alguém de todo o coração e, para mim, isso sempre foi suficiente.

Os românticos chamariam isso de história de amor; os cínicos, de tragédia. Na minha cabeça, é um pouco das duas e, no fim das contas, independentemente de como se decida encarar as coisas, isso não muda o fato de que essa história tem que ver com grande parte da minha vida e o caminho que escolhi seguir.

Não tenho queixas sobre esse caminho e os lugares por onde me levou; tenho queixas suficientes para encher uma tenda de circo talvez a respeito de outras coisas, mas o caminho que escolhi sempre foi o certo para mim, e eu não faria nada diferente.

O tempo, infelizmente, não facilita em nada a intenção de manter o curso. O caminho continua reto como sempre, mas passa a estar coberto pelas pedras e pelo cascalho que se acumulam ao longo da vida. Até três anos atrás, teria sido fácil ignorar, mas agora é impossível. Há uma doença percorrendo meu corpo; não sou forte nem saudável e meus dias se passam como um velho balão de festa: sem energia, sem brilho e mais devagar com o tempo.

Dou uma tossida e, estreitando os olhos, confiro o relógio. Percebo que é hora de ir. Levanto-me de onde estou sentado perto da janela e arrasto os pés pelo quarto, parando junto à escrivaninha para pegar o diário que já li centenas de vezes. Não dou uma olhada nele. Só o coloco embaixo do braço e sigo meu caminho para onde devo ir.

Passo por pisos de cerâmica brancos salpicados de cinza. Como o meu cabelo e o da maioria das pessoas aqui, embora eu seja o único no corredor esta manhã. Os outros se encontram em seus quartos, tendo apenas a televisão por companhia, mas eles, como eu, já estão acostumados. As pessoas podem se acostumar com qualquer coisa com o tempo.

Ouço os sons abafados de um choro a distância e sei exatamente a quem pertence. Então as enfermeiras me veem e trocamos sorrisos e cumprimentos. Elas são minhas amigas e conversamos sempre, mas tenho certeza de que falam sobre mim e sobre o que faço todos os dias. Posso ouvi-las sussurrarem entre si quando passo: "Lá vai ele de novo" ou "Espero que corra tudo bem".

Mas para mim elas não falam nada sobre isso. Tenho certeza de que pensam que eu me sentiria mal em conversar sobre essas coisas logo de manhã cedo e, como me conheço bem, acho que provavelmente estão certas.

Um minuto depois, chego ao quarto. A porta foi deixada aberta para mim, como sempre. No cômodo há outras duas pessoas, que também me sorriem quando entro.

– Bom dia – dizem com vozes alegres, e aproveito para perguntar sobre as crianças, as escolas e as férias que se aproximam.

Conversamos por cima do som do choro por cerca de um minuto. Elas não parecem notar; já estão acostumadas, assim como eu.

Depois me sento na cadeira que já assumiu a minha forma. As enfermeiras estão terminando; ela já está vestida, mas continua chorando. Tudo ficará mais calmo depois que elas saírem, eu sei. A agitação da manhã sempre a perturba, e hoje não é exceção. Enfim a cortina é aberta e as enfermeiras saem. As duas me tocam e sorriem ao passarem por mim. Eu me pergunto o que isso significa.

Fico ali sentado por um segundo, olhando para ela, que não retribui o olhar. Entendo, pois ela não sabe quem sou. Sou um estranho para ela. Então, virando para o lado, curvo a cabeça e rezo em silêncio, pedindo a força de que sei que vou precisar. Sempre acreditei com muita convicção em Deus e no poder da oração, embora, para ser sincero, minha fé tenha despertado uma série de perguntas que realmente espero que sejam respondidas depois que eu tiver partido.

Estou pronto agora. Coloco os óculos e tiro uma lupa do bolso. Deixo-a na mesa por um instante enquanto abro o diário. Preciso lamber duas vezes meu dedo áspero para abrir a capa já bem gasta e encontrar a primeira página. Então coloco a lupa no lugar.

Antes de eu começar a ler a história, há sempre um momento em que minha mente se agita e eu me pergunto: "Será que vai acontecer hoje?" Eu não sei, porque nunca sei de antemão e, no fundo, isso não importa. É a possibilidade que me faz continuar, não a certeza, uma espécie de aposta minha. E, embora você possa me chamar de sonhador ou tolo ou qualquer outra coisa, acredito que tudo seja possível.

Percebo que a ciência e as probabilidades estão contra mim. Mas a ciência não é a única e absoluta resposta; disso eu sei, aprendi ao longo da vida. Assim, me resta acreditar que milagres, por mais inexplicáveis ou inacreditáveis que pareçam, são reais e podem acontecer sem levar em consideração a ordem natural das coisas.

Por isso, mais uma vez, assim como faço todos os dias, começo a ler o diário em voz alta para que ela possa ouvi-lo, na esperança de que o milagre que acabou tomando conta da minha vida aconteça de novo.

E talvez, apenas talvez, vá mesmo acontecer.

Fantasmas

Era o começo de outubro de 1946, e Noah Calhoun via o sol se pôr lentamente da varanda que contornava sua casa em estilo de fazenda. Ele gostava de se sentar ali à noite, ainda mais depois de trabalhar muito o dia inteiro, e deixar os pensamentos vagarem sem rumo. Era sua forma de relaxar, uma rotina que aprendera com o pai.

Gostava sobretudo de observar as árvores e seus reflexos no rio. As árvores da Carolina do Norte são lindas no meio do outono: seus tons de verde, amarelo, vermelho, laranja e todos os tons possíveis entre uma cor e outra. Suas tonalidades deslumbrantes brilham à luz do sol e, pela centésima vez, Noah Calhoun se perguntou se os proprietários originais da casa passavam as noites pensando as mesmas coisas.

A construção fora erguida em 1772 e era uma das mais antigas e maiores de New Bern. Originalmente fora a casa principal de uma fazenda. Ele a comprara logo após o fim da guerra e passara os últimos onze meses reformando-a, empreendimento no qual gastara uma pequena fortuna. Um repórter do jornal de Raleigh fizera um artigo sobre ela havia algumas semanas, dizendo ser uma das melhores restaurações que já vira. Pelo menos a casa era. O restante da propriedade era outra história, e era a ele que Noah dedicara a maior parte do dia.

A casa ficava em um terreno de 5 hectares à margem de um riacho chamado Brices, e ele trabalhara na cerca de madeira em torno dos outros três lados da propriedade, verificando se havia carunchos ou cupins e fazendo substituições onde era necessário.

Noah ainda tinha mais trabalho a fazer na cerca, sobretudo no lado oeste, e, quando guardara as ferramentas mais cedo, pensara que precisava se lembrar de encomendar mais madeira. Entrara em casa, bebera um copo de chá gelado e depois tomara banho. Ele sempre tomava banho no final do dia, para deixar que a água levasse embora tanto a sujeira quanto o cansaço.

Depois penteara o cabelo para trás, vestira uma calça jeans desbotada e uma camisa azul de manga comprida, enchera outro copo de chá gelado e fora para a varanda, onde agora estava sentado, como fazia todos os dias àquela hora.

Esticou os braços acima da cabeça, depois para os lados, girando os ombros para encerrar. Sentia-se bem e limpo agora, revigorado. Seus músculos estavam cansados e ele sabia que sentiria o corpo um pouco dolorido no dia seguinte, mas estava satisfeito por ter conseguido fazer a maior parte do que planejara.

Noah pegou seu violão e se lembrou do pai, pensando em quanto sentia falta dele. Dedilhou uma vez, ajustou a tensão em duas cordas, depois dedilhou novamente. Dessa vez, o som lhe pareceu afinado, então começou a tocar. Música suave, tranquila. No início murmurou alguns sons durante um tempo, depois começou a cantar enquanto a noite caía à sua volta. Tocou e cantou até o sol sumir e o céu escurecer.

Passava um pouco das sete quando parou de tocar, então se recostou na cadeira e começou a balançar. Por força do hábito, olhou para cima e viu as constelações de Órion e a Ursa Maior, Gêmeos e a Estrela Polar, brilhando no céu de outono.

Tinha começado a fazer contas, mas parou. Sabia que gastara quase todas as suas economias na casa e teria de encontrar outro emprego em breve, mas deixou o pensamento de lado e decidiu desfrutar os meses restantes de restauração sem se preocupar com isso. Daria tudo certo, ele sabia; sempre dava.

Além disso, pensar em dinheiro geralmente o aborrecia. Desde cedo, ele aprendera a desfrutar das coisas simples, coisas que não podiam ser compradas, e tinha dificuldade em entender as pessoas que pensavam o contrário. Essa era outra característica que herdara do pai.

Clem, sua cadela de caça, aproximou-se dele e roçou o focinho em sua mão antes de se deitar a seus pés.

– Ei, garota, como está? – perguntou, acariciando sua cabeça, e ela ganiu baixinho, os olhos redondos e mansos virados na direção dele.

Clem perdera uma perna em um acidente de carro, mas ainda andava bem o suficiente e lhe fazia companhia em noites tranquilas como aquela.

Noah tinha 31 anos agora. Não era tão velho, mas era velho o suficiente para se sentir sozinho. Não saíra com ninguém desde que voltara para ali, não conhecera ninguém que sequer lhe despertasse o interesse. A culpa era só sua, ele sabia. Havia algo que o mantinha afastado de qualquer mulher que tentasse se aproximar, algo que não tinha certeza se poderia mudar mesmo que tentasse. E, às vezes, pouco antes de adormecer, ele se perguntava se estava destinado a ficar sozinho para sempre.

A noite ia passando, quente e agradável. Noah ouvia os grilos e o farfalhar das folhas. Para ele, os sons da natureza eram mais reais e despertavam mais emoções do que coisas luxuosas como carros e aviões.

A natureza dava mais do que tomava, e seus sons sempre o levavam de volta ao modo como o homem devia ser. Houvera vezes durante a guerra, principalmente depois de grandes combates, em que ele pensara nesses sons simples. "Isso fará com que não enlouqueça", dissera seu pai no dia em que Noah embarcara. "É a música de Deus e vai trazê-lo de volta para casa."

Ele terminou o chá, entrou, pegou um livro e ligou a luz da varanda quando voltava lá para fora. Após sentar outra vez, olhou para o livro. Era antigo, a capa estava rasgada, e as páginas, manchadas de lama e água. Era *Folhas de relva*, de Walt Whitman, e Noah o carregara durante toda a guerra. O livro até mesmo levara uma bala em seu lugar certa vez.

Esfregou a capa, tirando um pouco da poeira. Então abriu aleatoriamente o livro e leu as palavras à sua frente:

Esta é a tua hora, ó alma, do teu livre voo
para lá das palavras,
para além dos livros, da arte, concluído
o dia, terminada a lição,
quando emerges em plenitude, silenciosa, o olhar fixo,
meditando sobre os temas que mais amas,
a noite, o sono, a morte e as estrelas.

Noah sorriu. Por alguma razão Whitman sempre o fazia lembrar-se de New Bern, e ele estava feliz por ter voltado. Embora tivesse ficado longe por catorze anos, aquele era o seu lar, onde conhecia várias pessoas, a maioria desde a juventude. O que não era nenhuma surpresa. Como em muitas cidades do Sul, as pessoas que moravam ali nunca mudavam, só ficavam um pouco mais velhas.

Seu melhor amigo hoje em dia era Gus, um negro de 70 anos que morava mais adiante na estrada. Eles tinham se conhecido algumas semanas depois que Noah comprara a casa, quando Gus aparecera com um licor caseiro e uma travessa de ensopado, e os dois passaram aquela primeira noite se embebedando e contando histórias.

Agora Gus sempre aparecia algumas noites por semana, normalmente por volta das oito da noite. Com quatro filhos e onze netos em casa, ele precisava sair de vez em quando, e Noah não podia culpá-lo. Gus costumava trazer sua gaita e, depois de conversarem um pouco, os dois tocavam algumas músicas juntos. Às vezes o faziam por horas.

Noah passara a enxergar Gus como alguém da família. Já não tinha mais ninguém, não desde que o pai falecera, no ano anterior. Era filho único; a mãe morrera de gripe quando ele tinha 2 anos e, embora ele em dado momento tivesse desejado se casar, permanecera solteiro.

Mas já se apaixonara. Uma única vez, havia muito tempo. E essa experiência o mudara para sempre. O amor perfeito fazia isso com as pessoas, e aquele fora perfeito.

Nuvens costeiras começavam a cruzar lentamente o céu noturno, ficando prateadas com o reflexo da lua. Enquanto se avolumavam, ele inclinou a cabeça para trás, repousando-a na cadeira de balanço. Suas pernas se moviam de forma automática, mantendo um ritmo e, como acontecia na maioria das noites, sentiu a mente voltar para uma noite quente como aquela catorze anos antes.

Era a noite de abertura do Festival do Rio Neuse, logo após a formatura do ano de 1932. A cidade inteira estava nas ruas, desfrutando o churrasco e os jogos de azar. Era uma noite bem úmida – por alguma razão, ele se lembrava disso com clareza.

Noah chegara sozinho e, enquanto caminhava em meio à multidão, procurando seus amigos, avistara Fin e Sarah, duas pessoas com quem crescera, conversando com uma garota que ele nunca vira. Ela era bonita, lembrava-se de ter pensado, e, quando enfim se juntara a eles, a garota o encarara com olhos enevoados que pareciam não sair dos pensamentos de Noah. "Olá", dissera ela simplesmente enquanto lhe oferecia a mão. "Finley me falou muito sobre você."

Um começo comum, algo que teria sido esquecido se fosse qualquer outra pessoa, menos ela. Porém, quando apertou a mão dela e viu aqueles estonteantes olhos cor de esmeralda, ele soube, antes mesmo de respirar de novo, que ela era a mulher que ele poderia passar o resto da vida procurando sem jamais encontrar. Era incrível, perfeita, pensou, enquanto uma brisa de verão soprava através das árvores.

A partir desse instante, tudo correu como se fosse um furacão. Fin lhe contou que ela estava passando o verão em New Bern com a família porque o pai trabalhava para a empresa de tabaco R. J. Reynolds, e, embora Noah só tivesse balançado a cabeça, a maneira como ela olhava para ele fez parecer que estava tudo bem com seu silêncio. Então Fin soltou uma risada ao notar o que estava acontecendo, Sarah sugeriu que fossem comprar refrigerante e os quatro ficaram no festival até as pessoas irem embora e tudo fechar.

Os dois se encontraram no dia seguinte, e no dia depois daquele, e logo se tornaram inseparáveis. Todas as manhãs, com exceção do domingo, quando ele precisava ir à igreja, Noah terminava suas tarefas o mais rápido possível, então seguia direto para o parque Fort Totten, onde ela estaria à sua espera.

Como era nova ali e nunca estivera em uma cidade pequena antes, os dois passavam os dias fazendo coisas que eram novidade para ela. Noah lhe ensinou a colocar uma isca no anzol e pescar perca-negra nas águas rasas e levou Allie para explorar os lugares mais ermos da floresta de Croatan. Eles andavam de canoa e observavam tempestades de verão, e, para ele, parecia que os dois se conheciam desde sempre, a vida inteira.

Mas Noah também aprendeu algumas coisas. No baile da cidade no celeiro de tabaco, foi ela quem lhe ensinou a dançar valsa e charleston, e, embora tenham se atrapalhado nas primeiras músicas, sua paciência com ele valeu a pena e os dois dançaram juntos até o baile terminar. Noah a levou para casa depois e, enquanto estavam na varanda depois de dizer boa-noite, ele a beijou pela primeira vez e se perguntou por que esperara tanto para fazer isso.

Mais tarde, naquele verão, ele a levou até a casa onde morava hoje, sem se importar com o aspecto decadente do lugar, e lhe disse que um dia seria dono de tudo aquilo e restauraria o antigo casarão. Passaram horas juntos ali conversando sobre seus sonhos – o dele, de conhecer o mundo; o dela, de ser uma artista – e, em uma noite úmida de agosto, os dois perderam a virgindade.

Quando foi embora, três semanas mais tarde, ela levou junto um pedaço dele e o resto do verão. Noah a viu deixar a cidade em uma manhã chuvosa, acompanhou tudo com olhos que não tinham dormido na noite anterior, então foi para casa e arrumou a mala. Passou a semana seguinte sozinho na ilha Harkers.

Noah correu as mãos pelo cabelo e deu uma olhada no relógio. Oito e doze. Levantou, caminhou até a frente da casa e olhou para a estrada. Nada de Gus, e Noah concluiu que ele não viria. Então voltou para a cadeira de balanço e se sentou de novo.

Lembrou-se de sua conversa com Gus sobre ela. Na primeira vez em que falara da garota, Gus começara a balançar a cabeça e rir: "Então é desse fantasma que você vem fugindo." Quando Noah lhe perguntara o que queria dizer, Gus respondera: "Você sabe, o fantasma, a lembrança. Andei observando você, trabalhando dia e noite como um escravo, quase não tendo tempo nem para respirar. As pessoas fazem isso por três razões: porque são loucas, burras ou estão tentando esquecer alguma coisa. Eu já sabia que, no seu caso, era para tentar esquecer. Só não sabia ainda o quê."

Noah pensou no que Gus dissera. Ele estava certo, é claro. New Bern estava assombrada para Noah agora. Assombrada pelo fantasma da lembrança dela. Ele a via no parque Fort Totten, o lugar especial dos dois, toda vez que passava por lá. Ou sentada no banco ou de pé junto ao portão, sempre sorrindo, os olhos cor de esmeralda, o cabelo louro tocando delicadamente os ombros. Quando se sentava na varanda à noite com seu violão, ele a via ao seu lado, ouvindo em silêncio Noah tocar as músicas de sua infância.

Sentia o mesmo quando ia à drogaria de Gaston, ou ao cinema, ou até mesmo quando passeava pelo centro da cidade. Em todos os lugares para onde olhava, via a imagem dela, via coisas que a traziam de volta à sua vida.

Era estranho, sabia disso. Ele havia crescido em New Bern. Passara os primeiros dezessete anos de sua vida ali. Mas, quando pensava na cidade, parecia só se lembrar daquele último verão, do verão em que ficaram juntos. Outras lembranças eram apenas fragmentos, alguns pedaços da época em que crescera, e poucos, se é que algum, lhe despertavam sentimentos.

Falara sobre isso com Gus certa noite e o amigo não só entendera como fora o primeiro a lhe explicar o porquê daquilo "Meu pai cos-

17

tumava me dizer que a primeira vez em que uma pessoa se apaixona, isso muda a vida dela para sempre", dissera com calma. "Mesmo com muito esforço, o sentimento nunca vai embora. Essa garota de quem você me falou foi seu primeiro amor. E, não importa o que você faça, ela ficará com você para sempre."

Noah balançou a cabeça e, quando a imagem dela começou a desaparecer, voltou para o livro de Whitman. Leu durante uma hora, levantando os olhos de vez em quando para ver guaxinins e gambás correndo perto do riacho. Às nove e meia, fechou o livro, subiu para o quarto e escreveu em seu diário, incluindo observações pessoais e o trabalho que fizera na casa.

Quarenta minutos depois, estava dormindo. Clem subiu as escadas, deu uma fungada no dono adormecido e depois andou em círculos antes de finalmente enroscar-se ao pé da cama.

❦

Mais cedo naquela mesma noite e a 160 quilômetros dali, ela se sentara sozinha no balanço da varanda da casa dos pais, com uma perna dobrada sob o corpo. O assento estava um pouco úmido quando se sentou; tinha chovido mais cedo, uma chuva bem forte, mas as nuvens já estavam sumindo, e ela olhou para as estrelas no céu, perguntando-se se tomara a decisão certa. Tinha ficado angustiada pela dúvida por vários dias – e um pouco mais naquela noite –, mas, no fim das contas, sabia que nunca se perdoaria se deixasse aquela oportunidade escapar.

Lon não sabia o verdadeiro motivo pelo qual ela partira naquela manhã. Na semana anterior, ela dera a entender que gostaria de visitar alguns antiquários perto da costa. "É só por alguns dias", dissera. "Além disso, preciso de uma folga dos preparativos para o casamento."

Ela se sentia mal por mentir para ele, mas não podia lhe dizer a verdade. Sua partida não tinha nada a ver com Lon, e não seria justo lhe pedir que entendesse.

Ela saíra de Raleigh e, em pouco mais de duas horas, quase às onze, chegara ali. Hospedara-se em uma pequena pousada no centro, fora para o quarto e desfizera a mala, pendurando os vestidos no armário e colocando todo o resto nas gavetas. Almoçara rapidamente, perguntara à garçonete onde ficavam os antiquários mais próximos e depois passara as horas seguintes fazendo compras. Às quatro e meia, estava de volta ao quarto.

Sentou-se na beirada da cama, pegou o telefone e ligou para Lon. Ele não podia falar muito, pois tinha de ir ao tribunal, mas, antes de desligar, ela lhe deu o número do telefone da pousada onde estava hospedada e prometeu ligar no dia seguinte.

Ótimo, pensou enquanto desligava o telefone. Uma conversa de rotina, nada fora do comum. Nada que o deixasse desconfiado.

Ela o conhecia havia quase quatro anos, desde 1942, quando o mundo estava em guerra e os Estados Unidos já haviam se envolvido fazia um ano. Todos estavam fazendo sua parte, e ela trabalhava como voluntária no hospital no centro. Gostavam e precisavam dela por lá, mas era mais difícil do que esperara.

As primeiras levas de jovens soldados machucados voltavam para casa, e ela passava os dias com homens feridos e corpos despedaçados. Quando Lon, com todo o seu charme natural, apresentou-se numa festa natalina, ela enxergou nele exatamente aquilo de que precisava: alguém confiante em relação ao futuro e com um senso de humor que afastava todos os seus medos.

Ele era bonito, inteligente e determinado, um advogado bem-sucedido e oito anos mais velho do que ela que desempenhava seu trabalho com paixão, não só ganhando casos, mas também construindo sua reputação. Ela entendia sua vigorosa busca pelo sucesso, pois o pai e a maioria dos homens que conhecia em seu círculo social eram do mesmo jeito. Como eles, Lon fora criado dessa maneira, e, no Sul, o nome da família e as realizações de uma pessoa muitas vezes eram as coisas mais importantes a levar em conta quando se pensava em casamento. Em alguns casos, eram as únicas.

Embora tivesse se rebelado em silêncio contra essa ideia desde a infância e namorado alguns homens que poderiam ser descritos como imprudentes, ela se vira atraída pelo jeito tranquilo de Lon e, aos poucos, passara a amá-lo. Apesar das longas horas que trabalhava, ele era bom para ela. Lon era um cavalheiro, era maduro e responsável e, durante aqueles períodos terríveis da guerra em que ela precisara de alguém para abraçá-la, ele nunca a abandonara. Ela se sentia segura com Lon e sabia que ele também a amava, por isso aceitara seu pedido de casamento.

Pensar nessas coisas fazia com que ela se sentisse culpada por estar ali, consciente de que deveria arrumar as malas e ir embora antes que mudasse de ideia. Ela fizera isso uma vez antes, havia muito tempo, e, se partisse agora, sabia que nunca mais teria forças para voltar. Pegou sua bolsa, hesitou e quase chegou até a porta. Mas uma coincidência a levara até ali, então pousou a bolsa, percebendo novamente que, se desistisse, passaria a vida inteira perguntando-se o que poderia ter acontecido. E ela achava que não conseguiria viver com essa dúvida.

Decidiu tomar um banho e ligou a torneira da banheira. Após verificar a temperatura da água, cruzou o quarto tirando os brincos de ouro e foi até a cômoda. Encontrou seu nécessaire de maquiagem, abriu-o e tirou de lá um barbeador e um sabonete, em seguida se despiu em frente à escrivaninha.

Todos diziam que era bonita desde criança, e, já nua, olhou para si mesma no espelho. Seu corpo era firme e bem-proporcionado: seios suavemente arredondados, sem barriga e com pernas compridas. Herdara as maçãs do rosto salientes, a pele macia e os cabelos louros da mãe, mas seu traço mais bonito era só dela. Seus olhos eram como as ondas do mar, como Lon gostava de dizer.

Levou o aparelho de barbear e o sabão até o banheiro, desligou a torneira, colocou uma toalha ao alcance da mão e entrou na água com cuidado.

Gostava da forma como o banho a relaxava, e deixou o corpo afundar um pouco mais na água. O dia havia sido longo e suas costas estavam tensas, mas ficou satisfeita por ter terminado as compras tão rápido.

Precisava voltar a Raleigh com algo tangível, e as coisas que comprara serviriam perfeitamente. Pensou, então, que seria melhor descobrir os nomes de algumas outras lojas na área de Beaufort, mas logo duvidou que fosse precisar disso. Lon não era do tipo que verificava as coisas que ela fazia.

Pegou o sabonete, fez espuma e começou a depilar as pernas. Enquanto isso, pensou em seus pais e no que achariam de seu comportamento. Sem dúvida desaprovariam, sobretudo a mãe. Sua mãe nunca aceitara o que tinha acontecido no verão que passaram ali e não aceitaria agora, não importava a justificativa que ela desse.

Relaxou um pouco mais na banheira antes de sair e se enxugar. Foi ao armário pegar um vestido, enfim escolhendo um longo amarelo um pouco decotado na frente, o tipo de roupa que era comum no Sul. Vestiu-o e se olhou no espelho, virando de um lado para outro. Caía muito bem nela e lhe dava um ar bastante feminino, mas acabou decidindo tirá-lo e pendurá-lo de volta no cabide.

Então escolheu um vestido mais casual e menos revelador: azul-claro com detalhes em renda, abotoado na frente. Embora não fosse tão bonito quanto o primeiro, este passava uma imagem mais apropriada.

Fez uma maquiagem discreta, apenas uma sombra suave e rímel para acentuar os olhos. Em seguida, passou perfume, mas não muito. Colocou um par de brincos pequenos de argola, depois calçou as sandálias bege de salto baixo que usara mais cedo. Penteou o cabelo louro, prendeu-o e se olhou no espelho. *Não, arrumada demais*, pensou e soltou-o outra vez. *Melhor assim.*

Quando terminou, deu um passo para trás e avaliou a aparência. Estava bem: nem muito elegante nem muito casual. Não queria exagerar. Afinal, não sabia o que esperar. Já fazia muito tempo – provavelmente tempo de mais – e muitas coisas podiam ter acontecido, até mesmo coisas sobre as quais não queria pensar.

Baixou os olhos, viu que suas mãos estavam tremendo e riu para si mesma. Era estranho; não costumava ficar nervosa desse jeito. Assim como Lon, ela sempre fora confiante, desde criança. Isso chegara até mesmo a ser problema para ela algumas vezes, ainda mais na época de namoros, porque intimidava a maioria dos garotos de sua idade.

Então pegou a bolsa e as chaves do carro, depois a chave do quarto. Ficou girando-a algumas vezes, tomando coragem: *Você veio até aqui, não vá desistir agora.* Quase conseguiu sair nessa hora, mas acabou se sentando na cama de novo. Conferiu o relógio. Quase seis horas. Sabia que tinha de sair logo – não queria chegar depois que escurecesse, mas precisava de um pouco mais de tempo.

– Droga! – sussurrou – O que estou fazendo? Eu não devia estar aqui. Não há nenhuma razão para isso.

Mas, assim que disse essas palavras, soube que não eram verdade. Tinha, sim, algo a fazer ali. E, pelo menos, teria sua resposta.

Abriu a bolsa e revirou-a até encontrar um pedaço de jornal dobrado. Após tirá-lo de lá de forma lenta e quase reverente, com cuidado para não rasgar, desdobrou-o e observou-o fixamente por um tempo.

– É por isso – falou por fim. – É disso que se trata.

🌹

Noah se levantou às cinco da manhã e andou de caiaque por uma hora subindo o riacho, como costumava fazer. Quando terminou, vestiu sua roupa de trabalho, aqueceu alguns pãezinhos do dia anterior, pegou duas maçãs e comeu tudo acompanhado de duas xícaras de café.

Trabalhou mais na cerca, consertando a maioria das estacas que precisavam de reparos. O clima estava atípico para a época, a temperatura acima dos 26 graus, e na hora do almoço ele já estava com muito calor, cansado e feliz por fazer uma pausa.

Noah comeu na margem do riacho para poder observar as tainhas pulando. Gostava de vê-las saltar três ou quatro vezes e deslizar pelo ar antes de desaparecer na água salobra. Por alguma razão, sempre ficara feliz em ver que o instinto delas não mudara em milhares, talvez dezenas de milhares de anos.

Algumas vezes, se perguntava se os instintos do homem haviam mudado naquele tempo e sempre concluía que também não. Pelo menos no que havia de mais básico, de mais primitivo. Até onde sabia, o homem sempre fora agressivo, sempre se esforçara para dominar, tentando controlar o mundo e tudo nele. A guerra na Europa e no Japão era prova disso.

Noah parou de trabalhar um pouco depois das três e andou até um pequeno galpão perto do cais. Entrou, apanhou sua vara de pescar, algumas iscas e alguns grilos vivos que mantinha ali, em seguida voltou ao cais, colocou a isca no anzol e lançou sua linha.

A pesca sempre o fazia refletir sobre a vida, e foi o que Noah fez então. Lembrou-se de que, após a morte da mãe, ele tinha passado alguns dias na casa de outras pessoas. Por alguma razão, ele gaguejava bastante quando criança e implicavam com ele por isso. Assim, passara a falar cada vez menos e, aos 5 anos, já não falava mais. Quando iniciou os estudos, os professores acharam que ele tinha algum problema mental e recomendaram que saísse da escola.

Em vez disso, o pai tomou as rédeas do problema. Não o tirou da escola e, mais tarde, colocou-o para trabalhar com ele no depósito de madeira, onde carregava e empilhava. "É bom passarmos um tempo juntos", dizia enquanto trabalhavam lado a lado. "Assim como meu pai e eu fazíamos."

Durante esse tempo, seu pai falava sobre pássaros e outros animais ou lhe contava histórias e lendas conhecidas na Carolina do Norte. Dentro de alguns meses, Noah estava falando de novo, embora não muito bem, e seu pai resolveu ensinar-lhe a ler usando livros de poesia.

"Aprenda a ler isso em voz alta e você conseguirá dizer tudo o que quiser." O pai tinha razão mais uma vez e, no ano seguinte, Noah já deixara de lado a gagueira.

Mas continuou a ir para o depósito de madeira todos os dias, apenas porque o pai estava lá, e à noite lia as obras de Walt Whitman e Alfred Tennyson em voz alta enquanto seu pai se balançava ao seu lado. E não deixou de ler poesia desde então.

Quando ficou um pouco mais velho, passava a maior parte dos fins de semana e das férias sozinho. Explorou a floresta de Croatan em sua primeira canoa, remando pelo riacho por mais de 30 quilômetros até não ter mais como seguir adiante, e então percorreu a pé os quilômetros restantes até a costa.

Acampar e explorar se tornaram suas paixões, e ele passava horas na floresta, sentado sob os carvalhos, assobiando baixinho e tocando seu violão para castores, gansos e garças-azuis selvagens. Os poetas sabiam que se isolar na natureza, longe das pessoas e das coisas feitas pelo homem, era bom para a alma, e ele sempre se identificara com esses artistas.

Embora fosse calado, os anos de trabalho pesado na madeireira o ajudaram a se destacar nos esportes, e seu sucesso atlético lhe conferiu popularidade. Noah gostava dos jogos de futebol americano e das competições de atletismo, mas, embora a maioria de seus companheiros de equipe passassem o tempo livre juntos também, quase nunca se reunia a eles. Uma pessoa ou outra o considerava arrogante; a maioria apenas achava que Noah amadurecera um pouco mais rápido do que os outros. Teve algumas namoradas no colégio, mas nenhuma chegou a lhe causar grande impacto. Exceto uma. E ele a conhecera depois da formatura.

Allie. Sua Allie.

Recordou sua conversa com Fin sobre Allie depois que foram embora do festival naquela primeira noite. Fin rira. Então fizera duas previsões: a primeira, que os dois se apaixonariam; a segunda, que não daria certo.

Noah sentiu um ligeiro puxão em sua linha e esperou que fosse uma perca-negra, mas o que quer que fosse acabou parando de puxar. Após enrolar a linha e checar a isca, ele lançou o anzol na água outra vez.

Fin acabara acertando suas duas previsões. Na maior parte do verão, ela tivera de inventar desculpas para os pais sempre que os dois queriam se encontrar. Não era que não gostassem de Noah... mas ele pertencia a uma classe social diferente, era muito pobre, e os pais de Allie nunca aprovariam que a filha tivesse um relacionamento sério com alguém como ele.

"Não me importo com o que os meus pais pensam, eu te amo e sempre vou amar", dizia ela. "Vamos encontrar uma maneira de ficarmos juntos."

Mas, no fim das contas, não conseguiram. No início de setembro, o tabaco tinha sido colhido e Allie não teve escolha a não ser voltar com a família para Winston-Salem.

"Só o verão terminou, Allie, nós não", falou Noah na manhã em que ela partiu. "Nós nunca vamos terminar."

Só que, infelizmente, terminaram. Por algum motivo que ele não conseguia entender muito bem, as cartas que enviou permaneceram sem resposta.

Por fim, Noah decidira deixar New Bern para conseguir tirar Allie da cabeça, mas também porque a Grande Depressão tornara quase impossível ganhar a vida ali. Fora primeiro para Norfolk e trabalhara em um estaleiro durante seis meses antes de ser demitido, então se mudara para Nova Jersey, porque tinha ouvido falar que a economia não andava tão ruim por lá.

Acabara arrumando emprego em um ferro-velho, separando sucata de metal. O proprietário, um judeu chamado Morris Goldman, estava determinado a coletar o máximo de sucata de metal possível, convencido de que uma guerra se iniciaria na Europa e que os

Estados Unidos seriam arrastados outra vez. Noah, porém, não se importava com o motivo. Só estava feliz por ter um emprego.

Seus anos no depósito de madeira o haviam preparado para aquele tipo de serviço e ele trabalhava muito. Isso não só o ajudava a tirar Allie da cabeça durante o dia como era algo que sentia que devia fazer. Seu pai sempre dissera: "Se quer um dia de salário, dê um dia de trabalho. Qualquer coisa diferente disso é roubo."

Essa atitude agradava seu chefe. "É uma pena você não ser judeu", dizia Goldman. "Você é um rapaz muito bom sob todos os outros aspectos."

Era o melhor elogio que Goldman poderia fazer.

Ele não parava de pensar em Allie, ainda mais à noite. Noah escrevia para ela uma vez por mês, mas nunca recebia resposta. Por fim, escreveu uma última carta e se forçou a aceitar o fato de que o verão que tinham passado juntos seria a única coisa que compartilhariam.

Ainda assim, Allie permaneceu com ele. Três anos depois de ter escrito a última carta, ele viajou até Winston-Salem na esperança de encontrá-la. Foi à casa dela, descobriu que tinha se mudado e, após conversar com alguns vizinhos, ligou para a R. J. Reynolds.

A garota que atendeu ao telefone era nova e não reconheceu o nome que ele falou, mas pesquisou os arquivos para Noah. Ela descobriu que o pai de Allie saíra da empresa sem deixar nenhum novo endereço registrado. Aquela foi a primeira e última vez que ele a procurou.

Durante os oito anos seguintes, Noah trabalhou para Goldman. A princípio, era mais um dos doze empregados, mas, com o passar dos anos, a empresa cresceu e ele foi promovido. Em 1940, Noah dominava o negócio e cuidava de toda a operação, fechando as negociações e gerenciando uma equipe de trinta pessoas. O ferro-velho havia se tornado o maior negociante de sucata da Costa Leste.

Durante esse tempo, ele saiu com algumas mulheres. Chegou a ter um relacionamento sério com uma delas, uma garçonete do restaurante local com profundos olhos azuis e cabelos pretos sedosos.

Apesar de terem namorado por dois anos e passado vários bons momentos juntos, ele nunca chegou a sentir por ela o mesmo que sentira por Allie.

Mas também não se esqueceu da garçonete, que era alguns anos mais velha do que ele e fora quem lhe ensinara como agradar uma mulher, os lugares que devia tocar e beijar, onde devia se demorar mais e o que sussurrar. Às vezes passavam um dia inteiro na cama, abraçando-se e fazendo amor de um jeito que satisfazia plenamente os dois.

Ela sabia que não ficariam juntos para sempre. Quase no fim do relacionamento, dissera: "Queria poder lhe dar o que você está procurando, mas não sei o que é. Você mantém uma parte de si fechada para todos, inclusive para mim. É como se não estivesse de fato comigo. Sua cabeça está em outra pessoa."

Noah tentou negar, mas ela não acreditou e prosseguiu: "Sou mulher... entendo dessas coisas. Às vezes, quando você olha para mim, sei que está vendo outra pessoa. É como se você ficasse esperando que essa garota aparecesse do nada para tirá-lo daqui..."

Um mês depois, ela o visitou no trabalho e disse que conhecera outra pessoa. Ele entendeu. Separaram-se como amigos e, no ano seguinte, Noah recebeu um cartão-postal dela dizendo que havia se casado. Depois nunca mais ouviu falar da mulher.

Enquanto estava em Nova Jersey, Noah visitava o pai uma vez por ano, perto do Natal. Eles passavam o tempo pescando e conversando e, às vezes, viajavam até a costa para acampar nos Outer Banks, uma cadeia de ilhas ao longo do litoral, perto de Ocracoke.

Em dezembro de 1941, quando tinha 26 anos, os Estados Unidos entraram na guerra, assim como Goldman previra. Noah entrou em seu escritório no mês seguinte e informou o patrão de sua intenção de se alistar, depois voltou a New Bern para se despedir do pai.

Cinco semanas depois estava em um campo de treinamento. Durante o tempo que passou lá, recebeu uma carta de Goldman agradecendo-lhe por seu trabalho, junto com a cópia de um documento que lhe garantia uma pequena porcentagem do ferro-velho se algum dia o vendesse. "Eu não teria conseguido sem você", dizia a carta. "Você é o melhor rapaz que já trabalhou para mim, mesmo não sendo judeu."

Noah passou os três anos seguintes com o 3º Exército de Patton, cruzando desertos no norte da África e florestas na Europa com quase 15 quilos nas costas, sua unidade de infantaria nunca longe da ação.

Viu os amigos morrerem à sua volta e alguns serem enterrados a milhares de quilômetros de casa. Uma vez, enquanto se protegia em uma trincheira perto do rio Reno, imaginou Allie ao seu lado, tomando conta dele.

Agora, em casa, lembrou-se do fim da guerra na Europa e, alguns meses depois, no Japão. Pouco antes de ser dispensado, recebera uma carta de um advogado de Nova Jersey que representava Morris Goldman. Ao se encontrar com o advogado, descobriu que Goldman falecera um ano antes e que seu patrimônio tinha sido liquidado. O negócio fora vendido e Noah recebeu um cheque de quase 70 mil dólares. Por algum motivo, ele estranhamente não ficou nem um pouco empolgado com isso.

Na semana seguinte, voltou a New Bern e comprou a casa. Ainda se lembrava de quando levara o pai até lá para lhe mostrar o que ia fazer, apontando as mudanças que pretendia executar. Seu pai parecia fraco enquanto examinavam a casa, tossindo e respirando com dificuldade. Noah ficou preocupado, mas o pai lhe garantiu que não havia motivo para isso, que estava apenas gripado.

Menos de um mês depois, seu pai morreu de pneumonia e foi enterrado ao lado da esposa no cemitério local. Noah tentava visitar os túmulos com frequência para levar flores; às vezes, deixava também um bilhete. E todas as noites, sem exceção, dedicava alguns instantes à memória do pai e fazia uma oração para o homem que lhe ensinara tudo o que importava.

Após enrolar a linha, guardou o material de pesca e voltou para casa. Sua vizinha, Martha Shaw, estava lá para lhe agradecer por tudo o que ele tinha feito. Levara-lhe três pães caseiros e alguns biscoitos. Seu marido havia morrido na guerra, deixando-a com três filhos para criar e uma casa caindo aos pedaços. O inverno estava chegando e Noah passara alguns dias fazendo reparos na casa dela na semana anterior: ajeitando o telhado, substituindo as janelas quebradas, vedando outras e consertando o forno a lenha. Com sorte, aquilo bastaria para a família suportar o inverno.

Depois que ela saiu, Noah entrou em sua velha caminhonete e foi visitar Gus. Ele sempre parava lá quando ia ao armazém, porque a família de Gus não tinha carro. Uma das filhas de Gus subiu na caminhonete e foi com Noah fazer compras. Quando chegou em casa, Noah não tirou logo os mantimentos das sacolas. Em vez disso, tomou banho, pegou uma Budweiser e um livro de Dylan Thomas e foi se sentar na varanda.

Allie ainda tinha dificuldade em acreditar, mesmo estando com a prova nas mãos.

Tinha visto no jornal na casa de seus pais três domingos antes. Fora à cozinha pegar uma xícara de café e, quando voltara à mesa, seu pai sorrira e apontara para uma pequena foto.

"Você se lembra disso?", peguntara. Ele lhe entregara o jornal e, depois de um primeiro olhar desinteressado, algo na foto chamou sua atenção e ela observara melhor.

"Não pode ser", tinha sussurrado.

Quando o pai lançou um olhar curioso para Allie, ela o ignorara, sentara-se e lera o artigo sem falar nada.

Mal se dera conta da mãe chegando à mesa e sentando-se em frente a ela, e, quando por fim largara o jornal, a mãe a encarava com a mesma expressão de seu pai alguns instantes antes.

"Você está bem?", perguntara a mãe sobre a xícara de café. "Parece um pouco pálida."

Allie não respondera de imediato, não conseguira, e então notara que suas mãos tremiam. Tinha sido ali que tudo começara.

– E agora vai terminar, de uma maneira ou de outra – sussurrou.

Dobrou de novo o jornal e guardou-o de volta, lembrando que naquele dia tinha saído da casa dos pais levando consigo o jornal para recortar o artigo. Allie o lera de novo antes de ir para a cama naquela noite, tentando entender a coincidência, e lera outra vez na manhã seguinte, como que para se certificar de que a coisa toda não era um sonho. Após três semanas de longas caminhadas sozinha, após três semanas constantemente distraída, por fim tomara a decisão de ir até lá.

Quando lhe perguntavam, Allie respondia que seu comportamento estranho se devia ao estresse. Era a desculpa perfeita; todos entenderam, incluindo Lon, e era por isso que ele não falara nada quando ela lhe dissera que queria passar alguns dias fora. Os preparativos para o casamento eram estressantes para todos os envolvidos. Eram quase quinhentos convidados, entre eles o governador, um senador e o embaixador do Peru. Era cansativo demais, na opinião dela, mas o noivado era notícia e dominara as colunas sociais desde que tinham anunciado seus planos, seis meses antes. Às vezes, sentia vontade de fugir com Lon para se casar sem aquilo tudo. Mas sabia que não ele não iria concordar: aspirante a político, Lon adorava ser o centro das atenções.

Allie respirou fundo e se levantou de novo.

– É agora ou nunca.

Então pegou suas coisas e rumou para a porta, fazendo uma pequena pausa antes de abri-la e descer. O gerente sorriu quando Allie passou e ela pôde sentir que ele a observava enquanto saía e caminhava até o carro. Sentou-se ao volante, olhou para si mesma uma última vez, ligou o carro e virou à direita na Front Street.

Não ficou surpresa por ainda saber se localizar tão bem na cidade. Mesmo não indo ali fazia anos, o lugar não era grande, e ela se orientava facilmente pelas ruas. Após cruzar o rio Trent em uma antiga ponte levadiça, pegou uma estrada de cascalho, já no último trecho do caminho.

Era bonito ali, na região costeira, como sempre fora. Ao contrário da área de Piedmont onde crescera, a terra era plana, mas tinha o mesmo solo fértil e lodoso, ideal para o cultivo do algodão e do tabaco. Essas duas culturas e a madeira mantinham vivas as comunidades naquela parte do estado e, enquanto dirigia ao longo da estrada fora da cidade, via a beleza que a princípio atraíra as pessoas para a região.

Para ela, o lugar não tinha mudado nada. Raios de sol difusos passavam através dos carvalhos e nogueiras de 30 metros de altura, iluminando as cores do outono. À sua esquerda, um rio cor de ferro desviava seu curso em direção à estrada e depois se afastava de novo antes de desistir de sua vida para desaguar em outro, maior, um quilômetro e meio adiante. A estrada de cascalho serpenteava por entre fazendas do período anterior à Guerra Civil, e Allie sabia que, para alguns dos agricultores, a vida não tinha mudado desde antes de seus avós nascerem.

A constância do lugar trouxe de volta uma enxurrada de lembranças e ela sentiu um aperto por dentro ao reconhecer um por um os locais havia muito esquecidos.

O sol pendia acima das árvores à sua esquerda e, quando Allie fez uma curva, passou por uma velha igreja, abandonada fazia muitos anos, mas ainda em pé. Ela a explorara naquele verão, à procura de lembranças da guerra entre os estados, e, à medida que seu carro passava, as lembranças daquele dia se tornavam mais fortes, como se tudo tivesse acontecido na véspera.

Logo em seguida, viu um majestoso carvalho às margens do rio e as lembranças ficaram ainda mais intensas. Parecia não ter mudado nada desde aquela época, os galhos baixos e grossos, estendendo-se horizontalmente, e a barba-de-velho caindo do alto como se fosse um véu. Lembrou-se de um dia quente de julho em que se sentara sob a árvore com alguém que olhava para ela com um desejo que fazia desaparecer todo o resto. E tinha sido naquele momento que se apaixonara pela primeira vez.

Noah era dois anos mais velho e, enquanto Allie seguia naquela viagem ao passado, a imagem dele pouco a pouco entrou em foco de novo. Noah sempre parecera mais velho do que de fato era, lembrou-se. Sua aparência era a de alguém ligeiramente castigado pelo tempo, quase como um fazendeiro que volta para casa após horas trabalhando no campo. Tinha as mãos calejadas e os ombros largos típicos daqueles que trabalham duro para ganhar a vida, e as primeiras linhas começavam a se formar em torno dos olhos escuros que pareciam ler todos os seus pensamentos.

Era alto e forte, com cabelos castanho-claros e bonito do próprio jeito, mas Allie se lembrava sobretudo da voz dele. Noah lera para ela naquele dia enquanto estavam deitados na grama, sob a árvore, com uma voz suave e fluida, quase musical. Era o tipo de voz que pertencia ao rádio e parecia pairar no ar quando ele lia para ela. Allie se recordou que fechara os olhos, ouvindo com atenção e deixando as palavras que ele lia tocarem sua alma:

Me arrasta para o vapor e para o crepúsculo.
Eu parto como o ar, agito minhas mechas brancas sob
o sol fugidio...

Ele folheava livros velhos que tinham páginas com as pontas dobradas, livros que lera centenas de vezes. Lia por um tempo, depois parava e os dois conversavam. Ela lhe contava o que queria da vida – suas esperanças e seus sonhos para o futuro – e ele ouvia atentamente e então prometia fazer tudo aquilo se tornar realidade. E a maneira como falava fazia com que Allie acreditasse nele, e ela percebera então quanto Noah significava para ela. Algumas vezes, quando Allie pedia, ele falava sobre si ou explicava por que havia escolhido um poema em particular e o que pensava dele, outras vezes, Noah apenas a observava com seu típico modo intenso.

Naquela tarde, os dois viram o sol se pôr e comeram juntos sob as estrelas. Estava ficando tarde, e Allie sabia que os pais ficariam furiosos se soubessem onde estava. Mas, naquele momento, isso não importava. Ela só conseguia pensar em como o dia tinha sido especial, como Noah era especial, e, quando seguiram para a casa dela alguns minutos mais tarde, ele pegara sua mão e ela sentira como aquele toque a aquecia.

Outra curva na estrada e ela enfim a viu a distância. A casa tinha mudado drasticamente em relação ao que se lembrava. Allie diminuiu a velocidade ao se aproximar, entrando na longa via arborizada e de terra que levava ao farol que a trouxera de Raleigh.

Seguiu devagar, olhando para a casa, e respirou fundo quando o viu na varanda, observando seu carro. Ele estava vestido de forma casual. A distância, parecia não ter mudado nada. Por um instante, quando a luz do sol estava atrás dele, pareceu que Noah desaparecia no cenário.

O carro dela continuou seguindo devagar até que, por fim, parou debaixo de um carvalho que fazia sombra na frente da casa. Allie virou a chave, sem nunca tirar os olhos dele, e o motor estalou até parar.

Noah desceu da varanda e começou a se aproximar dela, andando com facilidade, então parou de repente quando Allie saiu do carro. Por um longo tempo, tudo o que fizeram foi olhar um para o outro sem se moverem.

Allison Nelson, 29 anos, noiva, socialite, à procura de respostas e Noah Calhoun, o sonhador, 31 anos, visitado pelo fantasma que muitos anos antes passara a dominar sua vida.

Reunião

Nenhum deles se mexeu ao se entreolharem.

Noah não disse nada, seus músculos parecendo congelados, e, por um segundo, ela pensou que ele não a reconhecera. De repente, sentiu-se culpada por aparecer daquela forma, sem avisar, e tudo ficou mais difícil. Allie havia pensado que, de alguma forma, seria mais fácil, que saberia o que dizer. Mas não sabia. Tudo o que vinha à sua cabeça parecia inadequado, como se faltasse alguma coisa.

Lembranças do verão que tinham passado juntos voltaram até ela e, enquanto olhava para Noah, notou como ele quase não havia mudado desde a última vez que o vira. Ele parece estar bem, pensou Allie. Estava com a camisa presa frouxamente na velha calça jeans desbotada, e ela podia ver os mesmos ombros largos de que se lembrava, afunilando-se até os quadris estreitos e a barriga lisa. Estava bronzeado também, como se tivesse trabalhado ao ar livre durante todo o verão, e, embora o cabelo estivesse um pouco mais ralo e claro do que se lembrava, ele ainda parecia o mesmo Noah que ela vira da última vez.

Quando Allie enfim se sentiu pronta, respirou fundo e sorriu.

– Olá, Noah. É bom ver você de novo.

Seu cumprimento o assustou e ele olhou para ela com espanto. Então, após balançar um pouco a cabeça, lentamente começou a sorrir.

– Você também... – balbuciou Noah.

Ele levou a mão ao queixo e ela notou que não havia se barbeado.

– É você mesmo, não é? Não posso acreditar...

Allie podia notar o choque na voz dele enquanto Noah falava e, sem que esperasse, veio tudo ao mesmo tempo – estar ali, vendo Noah. Sentiu uma fisgada dentro de si, algo antigo e enraizado, algo que a deixou tonta por apenas um segundo.

Logo procurou se controlar. Não esperava que isso acontecesse, não queria que isso acontecesse. Estava noiva agora. Não fora ali para isso... mas...

Mas...

Mas os sentimentos vieram de qualquer jeito e, por um breve instante, sentiu-se com 15 anos de novo. Sentiu algo que não sentia havia anos, como se todos os seus sonhos ainda pudessem se tornar realidade.

Sentiu como se finalmente tivesse voltado para casa.

Sem mais palavras, os dois se aproximaram, como se fosse a coisa mais natural do mundo, e ele passou os braços em volta dela, puxando-a para perto. Abraçaram-se com força, tornando tudo aquilo real, deixando os catorze anos de separação se dissolverem no crepúsculo cada vez mais intenso.

Ficaram assim por muito tempo antes de Allie enfim se afastar para olhar para ele. De perto, ela podia ver as mudanças que não notara a princípio. Ele era um homem agora e seu rosto tinha perdido a suavidade da juventude. As linhas em torno dos olhos tinham se aprofundado e ele possuía uma cicatriz no queixo que não existia antes. Havia algo de diferente em Noah: parecia menos inocente, mais cauteloso e, ainda assim, a maneira como a abraçava a fez perceber quanto sentira sua falta desde a última vez que o vira.

Os olhos dela estavam cheios de lágrimas quando os dois enfim se soltaram. Allie soltou uma risada nervosa baixinha enquanto limpava as lágrimas dos cantos dos olhos.

– Você está bem? – indagou Noah, com mil outras perguntas em seu rosto.

– Me desculpe, eu não queria chorar...

– Tudo bem – disse ele, sorrindo. – Ainda não acredito que é você mesma. Como me achou?

Allie deu um passo para trás, tentando se recompor, secando o restante das lágrimas.

– Li a história sobre a casa no jornal de Raleigh algumas semanas atrás e tive que vir aqui vê-lo outra vez.

Noah abriu um largo sorriso.

– Fico feliz que tenha vindo.

Ele se afastou um pouco.

– Meu Deus, você está linda. Mais ainda do que naquela época.

Ela sentiu o sangue fluir para o rosto. Da mesma forma que acontecia catorze anos antes.

– Obrigada. Você também está ótimo.

E Noah estava, sem a menor sombra de dúvida. Os anos haviam feito bem a ele.

– E então, o que você tem feito? Por que veio até aqui?

As perguntas de Noah a trouxeram de volta ao presente, fazendo-a perceber o que poderia acontecer se não tivesse cuidado. *Não deixe esta situação sair do controle,* alertou a si mesma; *quanto mais tempo durar, mais difícil será.* E ela não queria que ficasse nem um pouco mais difícil.

Mas, Deus, aqueles olhos. Aqueles olhos escuros e suaves.

Allie virou de costas e respirou fundo, pensando em como iria dizer tudo e, quando por fim começou a falar, sua voz soou baixa:

– Noah, antes que você interprete errado, eu queria mesmo vê-lo outra vez, mas não é só isso. – Ela parou por um segundo. – Eu vim aqui por um motivo. Tem algo que preciso lhe dizer.

– O que é?

Allie desviou o olhar e não respondeu por um instante, surpresa por ainda não conseguir lhe contar. Em meio ao silêncio, Noah sentiu um frio no estômago. O que quer que fosse, era ruim.

– Eu não sei como contar. Achei que sabia a princípio, mas agora não tenho tanta certeza...

O ar foi subitamente cortado pelo ruído agudo de um guaxinim e Clem saiu de baixo da varanda, latindo irritada. Os dois se viraram em direção ao barulho e Allie ficou feliz com a distração.

– Ele é seu? – perguntou.

Noah assentiu, sentindo o aperto no estômago.

– Na verdade, é fêmea. O nome dela é Clementine. Mas, sim, ela é minha.

Os dois viram Clem balançar a cabeça, alongar o corpo e, em seguida, caminhar em direção ao som. Os olhos de Allie se arregalaram um pouco quando a viu mancar.

– O que aconteceu com a pata dela? – perguntou, ganhando tempo.

– Foi atingida por um carro alguns meses atrás. O Dr. Harrison, o veterinário, me ligou para saber se eu gostaria de ficar com ela porque o dono já não a queria mais. Depois que eu vi o que aconteceu, não conseguiria deixar que fosse sacrificada.

– Você sempre foi uma pessoa boa – disse ela, tentando relaxar.

Estava ganhando tempo. Fez uma pausa, depois olhou para além dele em direção à casa. – Você fez um trabalho maravilhoso de restauração. Está perfeita, assim como eu sabia que ficaria um dia.

Noah virou a cabeça na mesma direção que a dela enquanto se perguntava o que Allie queria, jogando conversa fora, e o que estava escondendo.

– Obrigado, é muito gentil da sua parte. Mas foi um projeto bastante trabalhoso. Não sei se eu faria de novo.

– É claro que faria – rebateu ela.

Sabia muito bem como Noah se sentia com relação àquele lugar. Por outro lado, sabia como ele se sentia com relação a tudo... ou pelo menos costumava saber tempos atrás.

E, ao pensar nisso, Allie percebeu quanta coisa havia mudado desde então. Eles eram dois estranhos agora; ela podia dizer isso só de olhar para ele. Podia ver que catorze anos afastados eram um longo tempo. Longo demais.

– O que foi, Allie?

Noah se virou para ela, incitando-a a olhar para ele, mas ela continuou encarando a casa.

– Estou sendo muito boba, não é? – perguntou ela, tentando sorrir.

– O que quer dizer?

– Tudo isto. Aparecer assim de repente, sem saber o que dizer. Você deve achar que eu sou louca.

– Você não é louca – disse Noah gentilmente.

Então pegou a mão de Allie e ela deixou que ele a segurasse enquanto ficavam ali, juntos um do outro.

– Mesmo não sabendo o motivo, posso ver que isto é difícil para você. Por que não vamos dar uma volta?

– Como nos velhos tempos?

– Por que não? Acho que nós dois estamos precisando.

Allie hesitou e olhou para a porta da frente.

– Você precisa avisar alguém?

Noah fez que não com a cabeça.

– Não, não tenho ninguém para avisar. Somos só Clem e eu.

Mesmo antes de ter perguntado, ela já suspeitava de que não havia outra pessoa e, lá no fundo, não sabia como se sentir a respeito. Mas isso tornava um pouco mais difícil dizer o que queria. Teria sido mais fácil se houvesse outra pessoa.

Seguiram em direção ao rio e pegaram um caminho perto da margem. Allie soltou a mão dele, surpreendendo-o, e caminhou com distância suficiente apenas para os dois não se tocarem sem querer.

Noah olhou para ela. Allie continuava bonita, com seus cabelos sedosos e olhos suaves, e se movia com tamanha graciosidade que parecia estar deslizando. Ele já vira mulheres bonitas antes, mulheres que chamavam sua atenção, mas costumava pensar que faltavam a elas os traços que achava mais desejáveis. Características como inteligência, confiança, força de espírito, paixão, atributos que inspiravam outros à grandeza, traços que aspirava para si.

Allie tinha essas características, ele sabia, e, enquanto caminhavam, podia percebê-las mais uma vez sob a superfície. "Um poema vivo" eram as palavras que sempre vinham à sua mente quando tentava descrevê-la para os outros.

– Há quanto tempo você está aqui? – perguntou ela quando o caminho deu lugar a uma pequena colina coberta de grama.

– Desde dezembro passado. Trabalhei mais para o norte por um tempo, então passei os últimos três anos na Europa.

Allie olhou para ele com ar indagador.

– A guerra?

Noah fez que sim e ela continuou:

– Pensei que você pudesse ter ido para lá. Fico feliz que tenha voltado bem.

– Eu também – disse ele.

– Você está feliz por estar em casa?

– Sim. Minhas raízes estão aqui. Este é o lugar em que eu deveria estar.

Ele fez uma pausa.

– Mas e você? – perguntou cuidadosamente, desconfiando do pior.

Ela levou um longo tempo para responder.

– Estou noiva.

Noah baixou os olhos quando Allie falou, sentindo-se de repente um pouco mais fraco. Então era isso. Era isso que ela precisava lhe contar.

– Parabéns – falou por fim, perguntando-se se tinha soado convincente. – Quando é o grande dia?

– Daqui a três semanas, contando de sábado. Lon queria se casar em novembro.

– Lon?

– Lon Hammond Jr. Meu noivo.

Noah assentiu, nem um pouco surpreso. Os Hammonds eram uma das famílias mais poderosas e influentes do estado. Dinheiro proveniente do algodão. Quando o patriarca Lon Hammond morrera, isso fora notícia na primeira página do jornal. Muito diferente do que acontecera no falecimento do pai de Noah.

– Já ouvi falar deles. O pai construiu um grande negócio. Lon assumiu o lugar dele?

Allie negou com a cabeça.

– Não, ele é advogado. Tem o próprio escritório.

– Com esse sobrenome, ele deve ser muito ocupado.

– E é. Lon trabalha muito.

Noah pensou ter notado alguma coisa no tom dela, e a pergunta seguinte saiu automaticamente:

– Ele a trata bem?

Allie não respondeu de imediato, como se estivesse pensando naquilo pela primeira vez. Então falou:

– Sim. Ele é um bom homem, Noah. Você gostaria dele.

A voz de Allie soou distante quando respondeu, ou pelo menos foi o que Noah pensou. Ele se perguntou se era só a sua mente lhe pregando peças.

– Como está o seu pai? – perguntou ela.

Noah deu alguns passos antes de responder.

– Ele faleceu no início deste ano, pouco depois que eu voltei.

– Sinto muito – disse ela delicadamente, sabendo quanto o pai significava para Noah.

Noah balançou a cabeça e os dois caminharam em silêncio por um tempo.

Quando chegaram ao topo da colina, pararam. O carvalho estava a distância, com o sol brilhando alaranjado por trás. Allie podia sentir que Noah a observava enquanto ela olhava naquela direção.

– Tenho muitas lembranças de lá, Allie.

Ela sorriu.

– Sei disso. Eu vi a árvore quando cheguei. Você se lembra do dia que passamos lá?

– Sim – respondeu ele, sem acrescentar mais nada.

– Você pensa nisso?

– Às vezes – respondeu Noah. – Normalmente quando estou trabalhando aqui fora. O carvalho é meu agora.

– Você o comprou?

– Eu não podia suportar vê-lo transformado em armários de cozinha.

Allie riu baixinho, sentindo-se estranhamente satisfeita com isso.

– Você ainda lê poesia?

– Sim. Nunca parei. Acho que está no meu sangue.

– Sabe, você é o único poeta que eu conheço.

– Não sou poeta. Eu leio, mas não sei escrever um verso. Já tentei.

– Você é um poeta mesmo assim, Noah Taylor Calhoun. – A voz dela se suavizou: – Ainda penso muito nisso. Foi a primeira vez que alguém leu poesia para mim. Na verdade, foi a única vez.

O comentário dela fez os dois voltarem ao passado enquanto retornavam lentamente para a casa, seguindo um novo caminho que passava perto do cais. Quando o sol baixou um pouco mais e o céu ficou alaranjado, ele perguntou:

– Então, você vai ficar aqui por quanto tempo?

– Eu não sei. Não muito. Talvez até amanhã ou depois de amanhã.

– Seu noivo está aqui a negócios?

Allie fez que não com a cabeça.

– Ele está em Raleigh – explicou.

Noah ergueu as sobrancelhas.

– Ele sabe que você está aqui?

Allie balançou a cabeça outra vez e respondeu devagar:

– Não. Eu lhe disse que estava procurando por antiguidades. Ele não entenderia minha vinda aqui.

Noah ficou um pouco surpreso com a resposta. Uma coisa era ir até ali visitá-lo, mas esconder a verdade do noivo era completamente diferente.

– Você não precisava vir até aqui para me dizer que está noiva. Poderia ter me mandado uma carta ou me ligado.

– Eu sei. Mas, por alguma razão, senti que tinha que fazer isso pessoalmente.

– Por quê?

Ela hesitou.

– Eu não sei... – respondeu apenas.

E a maneira como falou o fez acreditar nela. Podiam ouvir o barulho do cascalho sendo esmagado sob seus pés ao darem alguns passos em silêncio. Então ele perguntou:

– Allie, você o ama?

– Sim – respondeu ela automaticamente.

As palavras doeram. Mas, de novo, Noah pensou ter ouvido alguma coisa em sua voz, como se Allie estivesse tentando se convencer. Noah parou e segurou os ombros dela de forma gentil, fazendo-a olhar para ele. A fraca luz do sol poente refletia nos olhos dela enquanto ele falava:

– Se está feliz, Allie, e o ama, não vou tentar impedi-la de voltar para ele. Mas, se alguma parte de você não estiver certa disso, então não faça isso. Esse é o tipo de coisa em que não se pode entrar se não for por inteiro.

Allie respondeu quase rápido demais:

– Estou tomando a decisão certa, Noah.

Ele a encarou por um segundo, perguntando-se se acreditava dela. Então assentiu com a cabeça e os dois voltaram a andar. Passado um instante, ele disse:

– Não estou facilitando as coisas para você, não é?

Ela riu um pouco.

– Tudo bem. Não posso culpá-lo.

– Sinto muito, de qualquer forma.

– Não sinta. Não há razão para isso. Eu é que devia estar me desculpando. Talvez eu devesse ter escrito.

Noah fez que não com a cabeça.

– Para ser sincero, ainda estou feliz por você ter vindo. Apesar de tudo. É bom ver você de novo.

— Obrigada, Noah.

— Você acha que poderíamos recomeçar?

Ela o olhou com curiosidade.

— Você foi a melhor amiga que eu já tive, Allie. Ainda gostaria que fôssemos amigos, mesmo que você esteja noiva agora, e ainda que fosse apenas por alguns dias. O que acha de tentarmos nos conhecer outra vez?

Allie pensou a respeito, ponderou sobre ficar ou ir embora e concluiu que, como ele sabia sobre seu noivado, provavelmente ficaria tudo bem. Ou pelo menos não haveria problema. Então abriu um sorriso discreto e assentiu:

— Eu adoraria.

— Ótimo. Que tal um jantar? Conheço um lugar que serve o melhor caranguejo da cidade.

— Parece uma boa ideia. Onde?

— Na minha casa. Mantive as armadilhas no lugar a semana toda e vi alguns dias atrás que peguei uns bons. Você se importa?

— Não, parece ótimo.

Ele sorriu e apontou por cima do ombro com o polegar.

— Está bem. Eles estão no cais. Vai levar só alguns minutos.

Allie viu Noah se afastar e notou que a tensão que sentira ao lhe contar sobre o noivado havia começado a desaparecer. Fechando os olhos, passou as mãos pelo cabelo e deixou a brisa suave soprar em seu rosto. Inspirou fundo e prendeu o ar por um instante, sentindo os músculos dos ombros relaxarem ainda mais quando expirou. Por fim, abriu os olhos e contemplou a beleza à sua volta.

Sempre adorara noites como aquela, em que o sutil aroma das folhas de outono vinha ao sabor dos suaves ventos do Sul. Adorava as árvores e os sons que faziam. Ouvi-las ajudou Allie a relaxar ainda mais. Depois de um instante, virou em direção a Noah e olhou para ele quase como se não o conhecesse.

Santo Deus, Noah continuava bonito. Mesmo depois de todo aquele tempo.

Allie o viu pegar uma corda que estava na água. Noah começou a puxá-la e, apesar do céu escuro, ela pôde notar os músculos em seu braço se flexionarem quando levantou a gaiola da água. Ele a deixou pender sobre o rio por um momento e então a sacudiu, fazendo a maior parte da água escorrer. Após pousar a armadilha no cais, Noah a abriu e começou a remover os caranguejos um por um, colocando-os em um balde.

Allie pôs-se a caminhar em sua direção, ouvindo os grilos cricrilarem, e lembrou-se de uma lição da infância. Contou o número de vezes que cricrilavam em 25 segundos, dividiu por três e somou quatro: 20ºC, pensou, enquanto sorria para si mesma. Ela não sabia se era um número preciso, mas parecia certo.

Enquanto caminhava, olhou em volta e percebeu que tinha se esquecido de como tudo era bonito e o ar parecia tão fresco ali. Por cima do ombro, viu a casa a distancia. Noah havia deixado algumas luzes acesas e a construção parecia ser a única por perto. Pelo menos a única com eletricidade. Ali, fora dos limites da cidade, nada era certo. Milhares de casas do campo ainda não contavam com o luxo da iluminação elétrica.

Allie pisou no cais, que rangeu sob seus pés. O som fez com que se lembrasse de um acordeão enferrujado e Noah levantou os olhos e piscou, depois voltou a dar uma olhada nos caranguejos, certificando-se de que tinham o tamanho certo. Ela caminhou até a cadeira de balanço que estava no cais e tocou-a, passando a mão pelo encosto. Podia imaginá-lo sentado ali, pescando, pensando, lendo. Era velha e estava desgastada pelo clima, áspera. Allie se perguntou quanto tempo ele passava ali sozinho e no que pensava nessas ocasiões.

– Era a cadeira do meu pai – explicou ele, sem olhar para cima, e ela assentiu com a cabeça.

Allie viu morcegos no céu; rãs tinham se juntado aos grilos em sua harmonia noturna.

Caminhou até o outro lado do cais, com a sensação de que concluía algo. Uma compulsão a levara até ali e, pela primeira vez em três semanas, aquela sensação desapareceu. De alguma forma, ela precisava que Noah soubesse de seu noivado, que entendesse, aceitasse – estava certa disso agora – e, enquanto pensava nele, lembrou-se de algo que tinham compartilhado no verão que passaram juntos. Com a cabeça abaixada, andou lentamente, procurando até encontrar... o entalhe. *Noah ama Allie*, dentro de um coração. Esculpido no cais alguns dias antes de ela ir embora.

Uma brisa quebrou o silêncio e deixou-a com frio, fazendo-a cruzar os braços. Allie ficou assim, olhando ora para o entalhe, ora para o rio, até ouvir Noah chegar do seu lado. Podia sentir a proximidade dele, o calor.

– É tão tranquilo aqui – disse ela, a voz sonhadora.

– Eu sei. Venho muito aqui só para ficar perto da água. Faz com que eu me sinta bem.

– Eu também viria, se fosse você.

– Vamos. Os mosquitos estão começando a atacar e estou faminto.

O céu tinha escurecido por completo, e Noah começou a seguir para casa, com Allie bem ao lado. Caminhando naquele silêncio, ela se sentia um pouco zonza e sua mente vagava. Ela se perguntava o que Noah estava pensando sobre o fato de ela estar ali e não tinha certeza se ela mesma sabia. Quando chegaram à casa alguns minutos depois, Clem os cumprimentou com seu focinho molhado. Noah acenou, mandando-a embora, e a cadela saiu com o rabo entre as pernas.

Ele apontou para o carro de Allie.

– Você deixou alguma coisa ali que precise tirar?

– Não, cheguei mais cedo e já desfiz a mala.

Sua voz soou diferente para ela, como se os anos de repente não tivessem passado.

– Que bom – disse ele ao chegar à varanda de trás e subir os degraus.

Noah pousou o balde junto à porta, então entrou na frente, levando-a até a cozinha. Ficava logo à direita, grande e com cheiro de madeira nova. Os armários tinham sido feitos de carvalho, assim como o chão, e as janelas eram largas e se abriam para o leste, permitindo que a luz da manhã entrasse. Era uma reforma de muito bom gosto, sem os exageros comuns nas restaurações de casas como aquela.

– Você se importa se eu der uma olhada na casa?

– Não, vá em frente. Fiz umas compras mais cedo e ainda preciso guardar as coisas.

Os olhos deles se encontraram por um segundo, e Allie sabia que Noah continuou observando-a enquanto ela deixava a cozinha. E sentiu aquela fisgada de novo.

Allie deu uma volta pela casa nos minutos seguintes, passando pelos cômodos e notando como todos eram maravilhosos. Quando terminou, era difícil lembrar o estado precário da casa antes da reforma. Desceu as escadas, virou em direção à cozinha e viu Noah de perfil. Por um instante, ele pareceu um jovem de 17 anos outra vez, e isso a fez parar por uma fração de segundo antes de seguir em frente. *Droga*, pensou, *controle-se. Lembre-se de que você está noiva agora.*

Ele estava de pé junto ao balcão, com algumas portas de armário abertas e sacolas de compras vazias no chão, assobiando baixinho. Noah sorriu para ela antes de colocar mais algumas latas em um dos armários. Ela parou a alguns metros dele e se apoiou no balcão. Então balançou a cabeça, impressionada com tudo o que ele fizera ali.

– É inacreditável, Noah. Quanto tempo levou a restauração?

Ele ergueu os olhos da última sacola que estava esvaziando e respondeu:

– Quase um ano.

– Você fez tudo sozinho?

Noah riu baixinho.

– Não. Quando eu era mais novo, sempre achei que faria, e comecei assim. Mas era muita coisa. Teria levado anos, então acabei contratando algumas pessoas... na verdade, muitas pessoas. Mas, mesmo com elas, ainda era muito trabalho, e na maioria dos dias eu só parava depois da meia-noite.

– Por que se esforçou tanto assim?

Fantasmas, ele quis dizer, mas não disse.

– Não sei. Só queria terminar, eu acho. Quer beber alguma coisa antes de eu começar a fazer o jantar?

– O que você tem?

– Não tenho muita coisa, na verdade. Cerveja, chá, café.

– Chá parece ótimo.

Noah juntou as sacolas de mantimentos e guardou-as, então foi até um pequeno cômodo ao lado da cozinha e voltou com uma caixa de chá. Tirou dois saquinhos e colocou-os junto ao fogão, então encheu a chaleira. Depois de levá-la ao fogão, acendeu um fósforo, e Allie ouviu o som das chamas ao ganharem vida.

– Vai levar só um minuto – disse ele. – Este fogão aquece bem rápido.

– Está bem.

Quando a chaleira assobiou, Noah serviu duas xícaras e lhe entregou uma.

Allie sorriu e tomou um gole, depois apontou para a janela.

– Aposto que a cozinha fica linda quando a luz do sol ilumina aqui dentro.

– Fica – concordou Noah. – Coloquei janelas mais largas deste lado da casa justamente por isso. Fiz o mesmo nos quartos lá em cima.

– Tenho certeza de que seus convidados gostam disso. A menos, é claro, que queiram dormir até tarde.

– Na verdade, ainda não recebi ninguém que passasse a noite. Desde que meu pai faleceu, não sei quem convidar.

Pelo tom de Noah, ela sabia que ele estava só jogando conversa fora.

Ainda assim, por algum motivo, isso fez com que ela se sentisse... solitária. Ele pareceu perceber como Allie estava se sentindo, mas, antes que ela pudesse pensar sobre isso, Noah mudou de assunto.

– Vou trazer os caranguejos para deixar marinando por alguns minutos antes de cozinhá-los – informou ele, pousando sua xícara no balcão.

Então foi até o armário e pegou uma panela grande de cozimento a vapor e uma tampa. Levou a panela até a pia, colocou água e depois carregou-a para o fogão.

– Posso ajudar em alguma coisa?

– Claro – respondeu Noah por cima do ombro. – Que tal cortar alguns legumes para fritar? Há vários na geladeira, e tem tigelas ali.

Noah indicou o armário perto da pia e Allie tomou outro gole de chá antes de deixar a xícara no balcão e pegar uma tigela. Levou-a até a geladeira, onde encontrou quiabo, abobrinha, cebola e cenoura na prateleira de baixo. Noah se juntou a Allie diante da porta aberta, e ela chegou para o lado a fim de lhe dar espaço.

Allie percebeu o cheiro de Noah ao seu lado – agradável, familiar, inconfundível – e sentiu o braço dele roçar no dela quando se inclinou para alcançar algo. Ele pegou uma cerveja e um vidrinho de molho de pimenta e, em seguida, voltou para o fogão.

Noah abriu a cerveja e despejou-a na água, então acrescentou o molho de pimenta e algum outro condimento. Depois de mexer a água para dissolver os temperos, foi até a porta dos fundos para pegar os caranguejos.

Ele parou por um instante antes de voltar e olhou fixamente para Allie, observando-a cortar as cenouras. Ao fazer isso, perguntou-se outra vez por que ela viera, ainda mais agora que estava noiva. Nada daquilo parecia fazer muito sentido para ele.

Por outro lado, Allie sempre fora surpreendente.

Noah sorriu, lembrando-se de como ela era. Arrojada, espontânea, ardorosa – assim como a maioria dos artistas devia ser. E Allie definitivamente tinha nascido para isso. Um talento artístico como o dela era um dom. Lembrou-se de pinturas que vira em museus de Nova York e de que, diante delas, pensara no trabalho de Allie, que lhe parecia tão bom quanto elas.

Ela lhe dera uma pintura antes de partir naquele verão. Estava pendurada acima da lareira na sala de estar. Allie dissera que era uma imagem dos seus sonhos. Para ele, parecera extremamente sensual. Quando olhava para o quadro – e Noah costumava fazer isso tarde da noite –, via o desejo nas cores e nas linhas e, se ele se concentrasse, podia imaginar o que ela pensara a cada pincelada.

Um cão latiu a distância e Noah percebeu que estava parado com a porta aberta já fazia muito tempo. Logo a fechou e voltou para a cozinha. E, enquanto andava, perguntou-se se Allie tinha notado quanto tempo ele ficara afastado.

❦

– Como está indo? – perguntou Noah, vendo que ela estava quase terminando.

– Bem. Falta pouco agora. Mais alguma coisa para o jantar?

– Eu tinha pensando em incluir um pão caseiro.

– Caseiro?

– Ganhei de uma vizinha – respondeu ele enquanto colocava o balde na pia.

Noah ligou a torneira e começou a lavar os caranguejos, segurando-os debaixo da água, deixando depois que corressem pela pia enquanto lavava o seguinte. Allie pegou sua xícara e se aproximou para observá-lo.

– Você não tem medo que os caranguejos o belisquem quando os pega?

– Não. É só segurá-los assim – explicou ele, demonstrando o método, e ela sorriu.

– Eu esqueço que você fez isso a vida inteira.

– New Bern é uma cidade pequena, mas lhe ensina a fazer as coisas que importam.

Allie se apoiou no balcão, ficando mais perto dele, e esvaziou a xícara. Quando Noah terminou aquela etapa de preparo, colocou os caranguejos na panela. Então lavou as mãos, virando-se para falar com Allie enquanto isso:

– Quer se sentar na varanda por alguns minutos? Seria bom deixá-los de molho por meia hora.

– Claro – respondeu Allie.

Ele enxugou as mãos e, juntos, foram para a varanda dos fundos. Noah acendeu a luz ao saírem e sentou-se na cadeira de balanço mais velha, oferecendo a mais nova para ela. Quando viu que a xícara de Allie estava vazia, entrou por um instante e voltou com outra xícara de chá e uma cerveja. Noah entregou a xícara para ela, que tomou um gole antes de pousá-la na mesa ao lado das cadeiras.

– Você estava sentado aqui quando eu cheguei, não estava?

– Sim – respondeu Noah enquanto se acomodava. – Eu me sento aqui todas as noites. É um hábito agora.

– Posso ver por quê – disse ela enquanto olhava em volta. – Então, o que você tem feito?

– Na verdade, ultimamente não tenho feito nada além de trabalhar na casa. Isso satisfaz meus impulsos criativos.

– Como você conseguiu... Quero dizer...

– Morris Goldman.

– Perdão?

Ele sorriu.

– Meu antigo chefe lá do Norte. O nome dele era Morris Goldman. Ele me ofereceu uma parte do negócio quando me alistei, mas morreu antes de eu voltar do front. Quando cheguei aos Estados Unidos, os advogados dele me deram um cheque com dinheiro suficiente para comprar e reformar esta casa.

Ela riu baixinho.

– Você sempre me disse que encontraria um jeito.

Os dois ficaram sentados em silêncio por um instante, relembrando o passado. Allie tomou outro gole de chá.

– Você se lembra de que viemos aqui na noite em que me contou sobre este lugar?

Noah assentiu com a cabeça e Allie continuou:

– Fui para casa um pouco tarde naquela noite e meus pais estavam furiosos quando finalmente cheguei. Ainda consigo ver meu pai de pé na sala de estar, fumando um cigarro, minha mãe no sofá com os olhos fixos à frente. Juro que parecia que alguém da família havia morrido. Foi nesse dia que meus pais perceberam que eu gostava mesmo de você. Minha mãe teve uma longa conversa comigo mais tarde naquela noite. Ela me disse: "Tenho certeza de que você acha que eu não entendo pelo que está passando, mas eu entendo. Só que, às vezes, nosso futuro é ditado pelo que somos, não pelo que queremos." Lembro que essas palavras me magoaram bastante.

– Você me contou no dia seguinte. Isso feriu meus sentimentos também. Eu gostava dos seus pais e não fazia ideia de que eles não gostavam de mim.

– Não era que eles não gostassem de você. Os dois só não achavam que você me merecia.

– Não faz muita diferença.

Havia uma tristeza em sua voz quando ele respondeu, e Allie sabia que Noah estava certo em se sentir assim. Ela olhou para as estrelas enquanto passava a mão pelo cabelo, puxando para trás os fios que tinham caído em seu rosto.

– Eu sei disso. Sempre soube. Talvez seja por isso que sempre parece haver uma distância entre minha mãe e eu quando nos falamos.

– Como se sente em relação a isso agora?

– Da mesma forma que me sentia na época. Que está errado, que não é justo. Era algo terrível para uma garota aprender. Que o status é mais importante que os sentimentos.

Noah abriu um sorriso discreto ao ouvi-la, mas não disse nada.

– Penso em você desde aquele verão – disse ela.

– Pensa?

– Por que você acha que não?

Allie pareceu genuinamente surpresa.

– Você nunca respondeu minhas cartas.

– Você me escreveu?

– Dezenas de cartas. Escrevi para você por dois anos sem receber uma única resposta.

Ela balançou a cabeça lentamente e baixou os olhos.

– Eu não sabia... – disse por fim em voz baixa.

Noah concluiu que a mãe dela devia checar a correspondência e separar as cartas dele sem que Allie soubesse. Sempre suspeitara disso, e notou quando Allie chegou à mesma conclusão.

– Foi errado da parte dela fazer isso, Noah, e sinto muito, mas tente entender. Quando fui embora, ela deve ter pensado que seria mais fácil para mim se eu me esquecesse de tudo. Minha mãe nunca entendeu quanto você significava para mim e, para ser sincera, nem sei se algum dia ela amou meu pai do jeito que eu amei você. Na cabeça da minha mãe, ela só estava tentando proteger meus sentimentos e, provavelmente, pensou que a melhor maneira de fazer isso era esconder as cartas que você enviava.

– Não cabia a ela decidir isso – opinou Noah calmamente.

– Eu sei.

– Teria feito alguma diferença se você as tivesse recebido?

– É claro. Eu sempre me perguntava o que você andava fazendo.

– Não. Quero dizer, para nós dois. Você acha que teríamos ficado juntos?

Allie demorou um pouco para responder. Por fim, disse:

– Eu não sei, Noah. Realmente não sei, e você também não sabe. Não somos mais os mesmos. Nós mudamos, crescemos. Nós dois.

Allie fez uma pausa. Noah não disse nada e, em meio ao silêncio, ela olhou para o riacho. Então prosseguiu:

– Mas sim, Noah, acho que teríamos ficado juntos. Pelo menos, gosto de pensar que sim.

Ele assentiu, olhou para baixo e depois se virou.

– Como é o Lon?

Ela hesitou; não esperava a pergunta. A menção ao nome de Lon trouxe à superfície ligeiros sentimentos de culpa e, por um instante, Allie não soube o que responder. Estendeu a mão para a xícara, tomou outro gole de chá e ouviu um pica-pau martelando a madeira a distância. Finalmente falou baixinho:

– Lon é bonito, encantador e bem-sucedido, e a maioria das minhas amigas morre de inveja de mim. Elas o acham perfeito, e, de muitas maneiras, ele é. Lon é gentil comigo, me faz rir e sei que ele me ama do seu jeito.

Allie fez uma pausa, organizando os pensamentos.

– Mas sempre vai faltar algo em nosso relacionamento – disse ela.

Allie se surpreendeu com o que disse, porém sabia, mesmo assim, que era verdade. E também sabia, ao olhar para ele, que Noah já desconfiava da resposta.

– Por quê?

Ela abriu um leve sorriso e deu de ombros enquanto respondia. Sua voz mal passava de um sussurro:

– Acho que ainda procuro o tipo de amor que tivemos naquele verão.

Noah pensou sobre o que Allie tinha dito por um bom tempo, lembrando-se dos relacionamentos que tivera desde a última vez que a vira.

– E você? – perguntou ela. – Alguma vez pensou sobre nós?

– O tempo todo. Ainda penso.

– Você está saindo com alguém?

– Não – falou Noah, balançando a cabeça.

Os dois pareceram ponderar isso, tentando sem sucesso tirar esse pensamento da cabeça. Noah terminou sua cerveja, surpreso por acabar tão rápido.

– Vou acender o fogo. Quer alguma coisa?

Allie fez que não com a cabeça, então Noah foi até a cozinha, colocou os caranguejos para cozinhar e pôs o pão no forno. Pegou farinha de trigo e de milho para preparar os legumes, empanou-os e pôs um pouco de gordura na frigideira. Depois de acender o fogo baixo, programou o timer e pegou outra cerveja da geladeira antes de voltar para a varanda. E, enquanto fazia isso tudo, pensava em Allie e no amor que faltava na vida dos dois.

Allie também estava pensando. Em Noah, em si mesma, em um monte de coisas. Por um instante, desejou não estar noiva, mas logo se culpou por isso. Não era Noah que ela amava; amava o que um dia eles tinham sido. Além disso, era normal se sentir assim. Seu primeiro amor verdadeiro, o único homem com quem já estivera – como poderia esperar esquecê-lo?

No entanto, será que era normal sentir uma agitação por dentro toda vez que ele se aproximava? Era normal confessar coisas que ela nunca poderia contar a mais ninguém? Era normal aparecer ali faltando três semanas para o seu casamento?

– Não, não é – Allie finalmente sussurrou para si mesma enquanto olhava para o céu noturno. – Não há nada de normal nesta história toda.

Noah voltou naquele momento e Allie sorriu, feliz por ele ter chegado e ela não ter mais que pensar sobre aquilo.

– Vai levar alguns minutos – avisou Noah enquanto voltava a se sentar.

– Tudo bem. Ainda não estou com fome.

Então Noah olhou para Allie e ela viu a ternura em seus olhos.

– Estou feliz por você ter vindo, Allie – disse ele.

– Eu também. Mas quase não vim.

– Por que você veio?

Eu fui atraída, quis dizer, mas não disse.

– Só para ver você, saber o que tem feito. Para conferir como você está.

Ele se perguntou se era só por isso, mas não questionou mais nada. Preferiu mudar de assunto:

– A propósito, eu queria lhe perguntar uma coisa: você ainda pinta?

Allie balançou a cabeça.

– Não mais.

– Por que não? – indagou Noah, espantado. – Você tem tanto talento.

– Eu não sei...

– Claro que sabe. Você parou por algum motivo.

Noah estava certo. Ela tivera um motivo.

– É uma longa história.

– Tenho a noite toda – respondeu ele.

– Você achava mesmo que eu tinha talento? – perguntou ela baixinho.

– Venha – disse Noah, estendendo a mão para ela. – Quero lhe mostrar uma coisa.

Allie se levantou e o seguiu até a sala de estar. Ele parou em frente à lareira e apontou para a pintura que pendia logo acima. Ela engasgou, surpresa por não ter notado o quadro antes, e mais surpresa ainda por vê-lo ali.

– Você o guardou?

– É claro que guardei. É maravilhoso.

Allie lhe lançou um olhar cético.

– Eu me sinto vivo quando olho para ele – explicou Noah. – Às vezes, tenho que me levantar e tocá-lo. É tão real... as formas, as sombras, as cores. Chego a sonhar com ele algumas vezes. É incrível, Allie... posso olhar para ele por horas.

– Você está falando sério – constatou ela, chocada.

– Mais sério do que nunca.

Allie não comentou nada.

– Você está me dizendo que ninguém jamais lhe falou isso antes?

– Meu professor falou – disse ela por fim –, mas acho que não acreditei nele.

Noah sabia que havia mais. Allie desviou o olhar antes de continuar:

– Faço desenhos e pinturas desde criança. Acho que, quando fiquei um pouco mais velha, comecei a acreditar que era boa nisso. E gostava também. Lembro-me de quando trabalhei nessa pintura naquele verão, detalhando-a a cada dia, modificando-a à medida que nosso relacionamento mudava. Nem me lembro como ela começou ou como eu queria que fosse, mas, de alguma forma, ela evoluiu para isso.

Allie respirou fundo e prosseguiu:

– Lembro-me de que não consegui parar de pintar depois que voltei para casa naquele verão. Acho que era minha forma de evitar a dor que eu sentia. Enfim, acabei me formando em Artes na faculdade, porque era algo que eu tinha que fazer. Passava horas no estúdio, sozinha, desfrutando cada minuto. Adorava a sensação de liberdade de quando criava, amava o jeito como eu me sentia ao fazer algo bonito. Pouco antes de eu me formar, meu professor, que também trabalhava como crítico para um jornal, me disse que eu tinha muito talento e que deveria tentar a sorte como artista. Mas não lhe dei ouvidos.

Allie fez uma pausa, tentando organizar as próprias recordações.

– Meus pais não achavam apropriado alguém como eu pintar para ganhar a vida. Acabei parando depois de um tempo. Não toco num pincel há anos.

Ela olhou para a pintura.

– Você acha que voltará a pintar um dia? – perguntou Noah.

– Não tenho certeza se ainda consigo. Faz muito tempo.

– Você ainda consegue, sim, Allie. Eu sei que consegue. Seu talento vem de dentro de você, do seu coração, não dos seus dedos. E algo assim nunca se perde. Algumas pessoas só sonham com isso. Você é uma artista, Allie.

As palavras foram ditas com tanta sinceridade que ela soube que ele não estava falando isso apenas para ser gentil. Noah acreditava genuinamente na habilidade dela, e, por algum motivo, isso significava mais para Allie do que ela esperava. Mas então algo mais aconteceu, algo ainda mais poderoso.

Por que aconteceu, Allie nunca soube, mas foi quando o abismo começou a se fechar para ela, o abismo que tinha erguido em sua vida para separar a dor do prazer. E Allie suspeitou então, talvez não conscientemente, de que havia mais ali do que gostaria de admitir.

Mas, naquele instante, ela ainda não estava completamente ciente disso e virou-se para encará-lo. Allie estendeu o braço e tocou a mão dele, de forma suave e hesitante, surpresa em ver que, após todos aqueles anos, Noah de alguma forma sabia exatamente o que ela precisava ouvir. Quando se entreolharam, ela mais uma vez percebeu como ele era especial.

E por apenas um breve instante, uma fração de segundo que pairou no ar como vaga-lumes no céu de verão, Allie se perguntou se estava apaixonada por ele outra vez.

❦

O timer soou na cozinha e Noah se virou, quebrando a magia do momento, estranhamente afetado pelo que acabara de acontecer. Os olhos de Allie haviam falado com Noah e sussurrado algo que ele ansiava por ouvir; ainda assim, não podia abafar a voz dentro de sua cabeça, a voz dela, falando-lhe que amava outro homem.

Noah xingou o timer baixinho enquanto seguia para a cozinha para tirar o pão do forno. Quase queimou os dedos e deixou o pão cair no balcão. Viu que a frigideira estava pronta, então colocou os legumes e ouviu tudo começar a chiar. Depois, resmungando sozinho, pegou a manteiga da geladeira, passou no pão e derreteu um pouco para os caranguejos.

Allie fora atrás dele até a cozinha e limpou a garganta.

– Posso arrumar a mesa?

Noah usou a faca do pão para apontar.

– É claro, os pratos estão lá. Talheres e guardanapos, ali. É melhor pegar bastante... comer caranguejos pode fazer sujeira, então vamos precisar deles.

Noah não pôde olhar para ela enquanto falava. Não queria perceber que tinha se enganado sobre o que acabara de acontecer entre os dois. Não queria que fosse um erro.

Allie também se perguntava sobre aquele momento e sentia um calor por dentro ao pensar nisso. As palavras que ele falara se repetiam em sua cabeça enquanto ela encontrava tudo de que precisava para a mesa: pratos, talheres, copos, sal e pimenta. Noah lhe entregou o pão quando ela estava terminando de arrumar a mesa e seus dedos se tocaram brevemente.

Ele voltou a atenção para a frigideira de novo e virou os legumes. Levantou a tampa da panela a vapor, viu que ainda levaria um minuto para os caranguejos ficarem prontos e deixou-os cozinhar um pouco mais. Noah estava mais tranquilo agora e voltou a jogar conversa fora:

– Já comeu caranguejo antes?

– Algumas vezes. Mas só em saladas.

Ele riu.

– Então prepare-se para uma aventura. Espere um segundo.

Ele desapareceu no andar de cima por um instante, então voltou com uma camisa azul-marinho de botão, que estendeu aberta para ela.

– Pegue, coloque isso. Não quero que manche seu vestido.

Allie pôs a camisa e sentiu a fragrância que havia na roupa – o cheiro dele, único, natural.

– Não se preocupe – falou Noah ao ver a expressão no rosto dela –, está limpa.

Allie riu.

– Eu sei. É só que me lembrei do nosso primeiro verdadeiro encontro. Você me deu sua jaqueta naquela noite, lembra?

Ele assentiu com a cabeça.

– Sim, eu me lembro. Fin and Sarah estavam conosco. Fin me

cutucou o caminho todo até a casa dos seus pais, querendo que eu pegasse sua mão.

– Mas você não pegou.

– Não – concordou Noah, balançando a cabeça.

– Por que não?

– Timidez, talvez, ou medo. Não sei. Só não me parecia a coisa certa a fazer na época.

– Agora que mencionou, você era meio tímido, não era?

– Prefiro as palavras "confiança tranquila" – respondeu Noah, piscando, e ela sorriu.

Os legumes e caranguejos ficaram prontos quase ao mesmo tempo.

– Tenha cuidado, estão quentes – avisou Noah ao estendê-los para Allie.

Os dois sentaram de frente um para o outro na pequena mesa de madeira. Então, percebendo que o chá ainda estava no balcão, Allie se levantou e foi buscá-lo. Após servir os legumes e o pão nos pratos, Noah acrescentou o caranguejo, e Allie ficou ali sentada por um instante, observando o prato fixamente.

– Parece um inseto.

– Mas um inseto gostoso – disse ele. – Olhe, deixe eu lhe mostrar como se faz.

Noah fez uma rápida demonstração, tirando a carne e colocando no prato dela, fazendo tudo parecer fácil.

Allie apertou as patas com muita força na primeira e na segunda vez, e teve de usar os dedos para separar as carapaças da carne. Sentiu-se desajeitada no início, preocupada que ele notasse cada erro seu, mas então percebeu a própria insegurança. Noah não se importava com coisas assim. Nunca se importara.

– E o Fin, como está? – perguntou ela.

Ele levou um tempo para responder:

– Fin morreu na guerra. Seu destróier foi torpedeado em 1943.

– Sinto muito – lamentou Allie. – Sei que ele era um bom amigo.

A voz de Noah mudou, soando um pouco mais grave:

– Era, sim. Tenho pensado muito nele. Eu me lembro principalmente da última vez que o vi. Eu tinha vindo para casa para me despedir antes de me alistar e acabamos nos encontrando. Ele era bancário aqui, assim como o pai tinha sido, e nós passamos muito tempo juntos na semana seguinte. Às vezes penso que o convenci a se alistar. Acho que Fin não teria se alistado se eu não estivesse decidido a fazer isso.

– Isso não é justo – disse Allie, arrependida por ter trazido o assunto à tona.

– Tem razão. É só que sinto muita falta dele.

– Eu também gostava do Fin. Ele me fazia rir.

– Ele sempre foi bom nisso.

Allie olhou para Noah com ar travesso.

– Ele tinha uma queda por mim, sabe?

– Sei. Ele me contou.

– Contou? O que ele disse?

Noah deu de ombros.

– O que costumava dizer. Que teve que fazer um grande esforço para afastá-la. Que você o perseguia constantemente, esse tipo de coisa.

Allie riu baixinho.

– Você acreditou nele?

– É claro – respondeu Noah. – Por que não acreditaria?

– Vocês, homens, são muito unidos – disse ela, estendendo a mão por cima da mesa e cutucando o braço dele com o dedo. Depois continuou: – Então, me conte tudo o que fez desde a última vez que o vi.

E começaram a conversar, compensando o tempo perdido. Noah contou sobre quando saiu de New Bern e trabalhou no estaleiro e no ferro-velho em Nova Jersey. Falou com carinho sobre Morris Goldman, contou um pouco sobre a guerra, evitando entrar em muitos detalhes, e lhe falou sobre o pai e quanto sentia falta dele.

Allie contou sobre a faculdade, a pintura e o tempo que passou como voluntária no hospital. Falou sobre sua família e seus amigos e as instituições de caridade com que estava envolvida. Nenhum dos dois mencionou ninguém com quem tivesse namorado desde a última vez que se viram. Até Lon foi ignorado e, embora os dois tivessem notado a omissão, nenhum deles mencionou o assunto.

Depois Allie tentou se lembrar da última vez que ela e Lon tinham conversado dessa forma. Embora fosse um bom ouvinte e os dois raramente discutissem, ele não era do tipo que conversasse assim. Como o pai dela, Lon não se sentia confortável em compartilhar seus pensamentos e sentimentos. Allie tentara explicar que precisava se sentir mais próxima dele, mas isso não levara a nenhuma mudança.

Mas, sentada ali, naquele momento, Allie percebeu o que vinha perdendo.

O céu ficava mais escuro e a lua subia mais alto à medida que a noite passava. E, sem que nenhum dos dois notasse, foram recuperando a intimidade e o elo de familiaridade que um dia haviam compartilhado.

❦

Terminaram de jantar, ambos satisfeitos com a refeição e sem falar muito. Noah olhou para o relógio e viu que estava ficando tarde. As estrelas já se encontravam todas no céu; os grilos, um pouco mais silenciosos. Ele gostara de conversar com Allie e se perguntava se tinha falado demais, imaginava o que ela achara da vida dele, esperava que de alguma forma isso fizesse diferença, se fosse possível.

Noah se levantou e colocou água para esquentar na chaleira. Os dois levaram os pratos para a pia e limparam a mesa, e ele encheu mais duas xícaras de água quente, em que colocou saquinhos de chá.

– Vamos para a varanda de novo? – perguntou ele, entregando-lhe a xícara, e ela concordou, seguindo adiante.

Noah pegou uma colcha para Allie, caso sentisse frio, e logo estavam em seus lugares outra vez, o cobertor sobre as pernas dela, as cadeiras de balanço em movimento. Noah a observava pelo canto do olho. *Minha nossa, como ela é linda*, pensou. E sentiu uma dor por dentro.

Pois algo havia acontecido durante o jantar.

Ele simplesmente havia se apaixonado outra vez. Percebia isso agora que estavam ali sentados um ao lado do outro. Apaixonara-se por uma nova Allie, não só pela sua lembrança.

Mas, por outro lado, nunca deixara de amá-la, e percebeu que aquele era seu destino.

– Foi uma noite ótima – comentou Noah, a voz mais suave agora.

– Foi, sim – concordou ela. – Uma noite maravilhosa.

Noah se virou para as estrelas, suas luzes cintilantes fazendo-o lembrar que Allie iria embora em breve, e ele se sentiu quase vazio por dentro. Desejou que aquela noite nunca terminasse. Como deveria contar a ela? O que poderia dizer para fazê-la ficar?

Noah não sabia. Por isso, tomou a decisão de não dizer nada. E percebeu, naquele mesmo momento, que tinha falhado.

As cadeiras de balanço se moviam em um ritmo tranquilo. Morcegos apareceram de novo, sobre o rio. Mariposas beijavam a luz da varanda. Em algum lugar, ele sabia, havia pessoas fazendo amor.

– Fale comigo – disse ela por fim, a voz sensual.

Ou era a mente dele pregando-lhe peças?

– O que eu deveria dizer?

– Fale como naquele dia sob o carvalho.

E Noah fez o que ela pedia, recitando passagens distantes, brindando a noite. Walt Whitman e Dylan Thomas, porque adorava as imagens. Alfred Tennyson e Robert Browning, porque seus temas pareciam tão familiares.

Allie descansou a cabeça no encosto da cadeira de balanço, fechando os olhos, sentindo-se um pouco mais aquecida quando Noah terminou. Não eram só os poemas ou a voz dele que tinham feito isso. Era tudo, o todo maior que a soma das partes. Ela não tentava decompor os poemas, não queria, porque não deviam ser ouvidos assim. Poemas, pensava, não eram escritos para serem analisados, mas para inspirar sem razão, para tocar-nos sem precisarmos entender.

Por causa dele, Allie comparecera a algumas leituras de poesia oferecidas na faculdade enquanto era aluna. Ouvira várias pessoas lerem diversos poemas, mas desistira pouco depois, desanimada por ninguém tê-la emocionado ou parecer tão inspirado quanto verdadeiros amantes da poesia deviam parecer.

Eles se balançaram por um tempo, tomando chá, sentados em silêncio, perdidos em seus pensamentos. A compulsão que a levara ali já se fora – ela estava feliz por isso –, mas preocupava-se com os sentimentos que haviam tomado seu lugar, uma agitação que começava a passar e rodopiar pelos seus poros como pó de ouro em uma peneira de rio.

Allie tentara negá-la, tentara se esconder, mas agora percebia que não queria que acabasse. Havia anos que não se sentia assim.

Lon não provocava esses sentimentos nela. Nunca provocara e provavelmente nunca o faria. Talvez por isso Allie nunca tivesse ido para a cama com ele. Lon já tentara, muitas vezes, usando tudo, desde flores até culpa, e ela sempre se justificara alegando que queria esperar até o casamento. Lon costumava aceitar bem e Allie às vezes se perguntava quão magoado ele ficaria se algum dia descobrisse sobre Noah.

Mas havia algo mais que a fazia querer esperar e que tinha a ver com o próprio Lon. Ele era muito obcecado pelo trabalho, que sempre exigia a maior parte de sua atenção. O trabalho vinha em primeiro lugar e, para Lon, não havia tempo para poemas, noites à toa e balançar-se em cadeiras na varanda. Allie sabia que essa era a razão de ele ser bem-sucedido, e parte dela o respeitava por isso. Mas também sentia que não era o suficiente. Ela queria outra coisa, algo diferente, algo mais. Paixão e romance, talvez, ou, quem sabe, conversas tranquilas em cômodos à luz de velas, ou, talvez, algo bem mais simples: não ficar em segundo plano.

Noah também estava perdido em pensamentos. Para ele, aquela noite seria lembrada como um dos momentos mais especiais que já tivera. Enquanto se balançava, lembrava-se de tudo em detalhes, então repassava cada cena outra vez. Tudo o que Allie fizera parecia de alguma forma elétrico para ele.

Agora, sentado ao lado dela, Noah se perguntava se Allie havia sonhado as mesmas coisas que ele nos anos em que ficaram afastados. Será que ela havia sonhado que os dois se abraçavam outra vez e se beijavam sob a luz suave da lua? Ou será que tinha ido mais longe e sonhado com seus corpos nus, que tinham ficado separados por tanto tempo...

Noah olhou para as estrelas e se lembrou dos milhares de noites vazias que passara desde a última vez que se viram. Vê-la novamente despertara todos aqueles sentimentos, e ele achava impossível contê-los. Percebeu, então, como queria fazer amor com ela outra vez e ter seu amor em troca. Era aquilo de que mais precisava no mundo.

Mas também percebeu que isso nunca poderia acontecer. Não agora, que ela estava noiva.

Allie soube, pelo silêncio de Noah, que ele estava pensando nela e percebeu que adorava isso. Não sabia o que exatamente ele estava pensando; na verdade, nem se importava com isso, só sabia que ele estava pensando nela e isso era suficiente.

Ela rememorou a conversa dos dois durante o jantar e ponderou a respeito da solidão. Por algum motivo, não podia imaginá-lo lendo poesia para outra pessoa nem mesmo compartilhando seus sonhos com outra mulher. Ele não parecia ser desse tipo. Ou isso ou Allie não queria acreditar que fosse.

Ela pousou o chá e passou as mãos pelo cabelo, fechando os olhos.

– Você está cansada? – perguntou ele, enfim se libertando de seus pensamentos.

– Um pouco. Eu não deveria demorar tanto para ir embora.

– Eu sei – disse Noah, assentindo, o tom neutro.

Allie não se levantou de imediato. Em vez disso, pegou a xícara e tomou o último gole de chá, sentindo-o aquecer sua garganta enquanto absorvia aquela noite. A lua estava mais alta agora, o vento balançava as árvores, a temperatura caía.

Allie olhou para Noah em seguida. A cicatriz em seu rosto era visível do lado onde ela estava. Perguntou-se se tinha acontecido durante a guerra e se ele chegara a ser ferido nessa época. Noah não falara nada, e ela não perguntara, principalmente porque não queria imaginá-lo sendo ferido.

– É melhor eu ir – disse ela enfim, entregando-lhe a colcha.

Noah assentiu, depois ficou de pé sem dizer uma palavra. Ele carregou a colcha e os dois andaram até o carro dela, as folhas caídas esmagadas sob seus pés enquanto Noah abria a porta. Allie começou a tirar a camisa que ele lhe emprestara, mas ele a deteve.

– Não tire – pediu. – Fique com ela para você.

Allie não perguntou por quê, pois queria mesmo ficar com a camisa. Então rearrumou-a e cruzou os braços depois, para afastar o frio. Por alguma razão, enquanto se encontrava ali, lembrou-se de quando ficara parada na varanda da frente da sua casa após o baile da escola, à espera de um beijo.

– Eu me diverti muito esta noite – disse Noah. – Obrigado por me encontrar.

– Eu também – respondeu ela.

Noah reuniu coragem e perguntou:

– Verei você amanhã?

Uma pergunta simples. Ela sabia qual deveria ser a resposta, principalmente se quisesse manter sua vida sem complicações. "Acho que não deveríamos" era tudo o que tinha de dizer, e terminaria ali, naquele instante. Mas, por um segundo, Allie não falou nada.

Então o demônio da escolha a confrontou, provocou-a e desafiou-a. Por que não podia dizer isso? Ela não sabia. Mas, enquanto olhava nos olhos dele para encontrar a resposta de que precisava, Allie viu o homem por quem um dia se apaixonara e de repente tudo pareceu claro.

– Eu adoraria.

Noah ficou surpreso. Ele não esperava por aquela resposta. Quis tocá-la então, tomá-la em seus braços, mas não fez isso.

– Você pode chegar aqui por volta do meio-dia?
– Claro. O que quer fazer?
– Você vai ver – respondeu ele. – Sei exatamente aonde ir.
– Eu já estive lá antes?
– Não, mas é um lugar especial.
– Onde?
– É surpresa.
– Eu vou gostar?
– Você vai adorar – assegurou ele.

Allie se virou antes que Noah pudesse tentar beijá-la. Ela não sabia se ele tentaria, mas sabia que, se tentasse, seria difícil detê-lo. Não podia lidar com isso naquele momento, com tudo o que passava pela sua cabeça. Sentou-se no banco do motorista, dando um suspiro de alívio. Noah fechou a porta para Allie e ela ligou o motor. Quando o carro começou a andar, ela abaixou um pouco a janela.

– Vejo você amanhã – disse Allie, os olhos refletindo o luar.

Noah acenou enquanto ela saía. Allie manobrou o carro e então seguiu em direção à cidade. Ele ficou olhando o carro até os faróis desaparecerem atrás de distantes carvalhos e ele deixar de ouvir o ruído do motor.

Clem se aproximou e Noah se agachou para acariciá-la, dando especial atenção ao pescoço da cadela, coçando o lugar que ela já não alcançava. Depois de Noah olhar para a estrada uma última vez, os dois voltaram para a varanda de trás lado a lado.

Ele se sentou na cadeira de balanço novamente, dessa vez sozinho, de novo tentando entender a noite que acabara de ter. Pensando no que houve. Reproduzindo cada momento em sua mente.

Vendo tudo de novo. Ouvindo outra vez. Repassando em câmera lenta. Não sentia vontade de tocar violão nem de ler. Não sabia o que sentia.

– Ela está noiva – sussurrou por fim.

Então ficou em silêncio por horas, o único barulho vindo da cadeira de balanço. A noite estava quieta agora, com pouca atividade, exceto por Clem, que aparecia de vez em quando, espiando-o como se perguntasse: "Você está bem?"

E, em algum momento depois da meia-noite, naquela clara noite de outubro, as emoções pareceram invadi-lo de repente e Noah foi tomado pela saudade. Se alguém o encontrasse naquele instante, teria visto o que parecia ser um idoso, alguém que envelhecera uma vida inteira em apenas algumas horas. Uma pessoa recurvada em sua cadeira de balanço, com o rosto nas mãos e lágrimas nos olhos.

Noah não sabia como controlá-las.

Telefonemas

Lon desligou o telefone.

Ele ligara às sete, depois às oito e meia, e agora conferia o relógio de novo. Nove e quarenta e cinco.

Onde Allie estava?

Sabia que ela estava no hotel que lhe dissera porque tinha falado com o gerente mais cedo. Sim, Allie fizera o check-in ali e ele a vira pela última vez por volta das seis. Saindo para jantar, o gerente achava. Não, ele não a vira de novo desde então.

Lon balançou a cabeça e se recostou na cadeira. Era o último no escritório, como sempre, e tudo estava em silêncio. Mas isso era normal em um julgamento, mesmo que o julgamento estivesse indo bem. Direito era sua paixão, e ficar sozinho até mais tarde lhe dava a oportunidade de colocar o trabalho em dia sem interrupção.

Ele sabia que iria ganhar o caso porque tinha grande domínio das leis e encantava o júri. Isso sempre acontecia, e as derrotas eram raras agora. Parte disso vinha de saber selecionar bem os casos em que teria mais chances de ganhar. Alcançara esse nível em seu escritório. Apenas uns poucos na cidade tinham esse prestígio, e os lucros de Lon refletiam isso.

Porém a parte mais importante de seu sucesso vinha de sua dedicação e seu empenho. Sempre prestara atenção aos detalhes, principalmente quando inaugurara o escritório. Pequenas coisas, coisas obscuras, e isso se tornara um hábito. Quer se tratasse de uma questão de leis ou de apresentação, ele era diligente em seus estudos, e isso fizera com que ganhasse alguns casos no início da carreira, quando devia ter perdido.

E agora um pequeno detalhe o incomodava.

Não sobre o caso. Não, esse estava tranquilo. Era outra coisa.

Algo relacionado a Allie.

Mas, droga, não conseguia deduzir o que era. Ele estava bem quando ela partira naquela manhã. Pelo menos, pensara que sim. Porém, algum tempo depois da ligação dela, talvez cerca de uma hora ou coisa assim, algo começara a perturbá-lo. O pequeno detalhe.

Detalhe.

Algo insignificante? Alguma coisa importante?

Pense... pense... Droga, o que era?

Sua mente detectara algo.

Algo... algo... *algo que fora dito?*

Algo havia sido dito? Sim, era isso. Ele sabia. Mas o que era? Allie dissera alguma coisa ao telefone? Logo no início da ligação. Lon procurou relembrar a conversa. Não, nada fora do normal.

Mas era isso, ele tinha certeza agora.

O que ela dissera?

Que tinha feito uma boa viagem, que fizera o check-in e algumas compras. Deixara o número de telefone. E isso era tudo.

Então Lon pensou nela. Ele a amava, tinha certeza disso. Allie não só era linda e encantadora como se tornara sua fonte de estabilidade e melhor amiga também. Após um dia árduo de trabalho, ela era a primeira pessoa para quem ele ligava. Allie o escutava, ria nos momentos certos e tinha um ótimo sexto sentido sobre o que ele precisava ouvir.

Porém, mais do que isso, Lon admirava a forma como ela sempre falava o que lhe vinha à mente. Lembrou que, depois de haverem saído algumas vezes, ele lhe dissera o que dizia a todas as mulheres que namorava: que não estava pronto para um relacionamento estável. Mas, ao contrário das outras, Allie apenas assentira e falara: "Tudo bem."

No entanto, a caminho da porta, ela se virara para ele para completar: "Mas seu problema não sou eu, nem o seu trabalho, nem a sua liberdade, ou seja lá o que pense que seja. Seu problema na verdade é que você está sozinho. Seu pai tornou o sobrenome Hammond famoso e você provavelmente foi comparado a ele sua vida inteira. Nunca pôde ser você mesmo. Uma vida assim deixa qualquer um vazio por dentro, e você está procurando alguém que irá preencher esse vazio magicamente. Mas ninguém pode fazer isso além de você mesmo."

As palavras ficaram com Lon naquela noite e, na manhã seguinte, percebeu como eram verdadeiras. Ele ligara para Allie de novo, pedindo uma segunda chance, e, depois de alguma persistência, ela concordara, mesmo com relutância.

Nos quatro anos que namoraram, Allie havia se tornado tudo o que ele sempre quisera, e Lon sabia que devia passar mais tempo com ela. Mas suas responsabilidades como advogado faziam com que fosse impossível limitar suas horas de trabalho. Allie sempre entendera, mas, ainda assim, ele se recriminava por não arranjar mais tempo para ela. Quando se casassem, Lon diminuiria as horas dedicadas à carreira, prometia a si mesmo. Pediria à secretária que checasse sua agenda para se certificar de que ele não ficasse tanto tempo no escritório...

Checar?...

Isso lhe deu um estalo.

Checar... checando... *check-in?*

Olhou para o teto. Check-in?

Sim, era isso. Lon fechou os olhos e pensou um segundo. Não. Nada. O que era, então?

Vamos, não falhe agora. Pense, droga, pense.

New Bern.

O pensamento surgiu na cabeça dele naquele momento. Sim, New Bern. Era isso. O pequeno detalhe, ou parte dele. Mas o que mais?

New Bern, pensou de novo, ele conhecia esse nome. Conhecia um pouco a cidade, principalmente por causa de alguns julgamentos de que havia participado. Parara lá algumas vezes a caminho da costa. Nada de mais. Ele e Allie nunca tinham estado lá juntos.

Mas Allie já estivera lá antes...

E ele sentiu que outra parte do quebra-cabeça se encaixava.

Outra parte... mas havia mais...

Allie, New Bern... e... e... algo em uma festa. Um comentário de passagem. Da mãe de Allie. Ele nem dera atenção. Mas o que ela dissera?

Então Lon empalideceu com a lembrança. Recordou-se do que tinha sido dito havia tanto tempo. Lembrou-se do que a mãe de Allie falara.

Era algo sobre Allie ter se apaixonado um dia por um jovem de New Bern. Ela chamara de paixão adolescente. *E daí?*, pensara ele na época e se virara para sorrir para Allie.

Mas ela não tinha sorrido. Estava brava. Então Lon concluíra que ela amara o tal homem muito mais profundamente do que a mãe havia sugerido. Talvez até mais do que o amava.

E agora ela estava lá. Interessante...

Lon juntou as palmas das mãos como se estivesse rezando, descansando-as contra os lábios. Coincidência? Podia não ser nada. Podia ser exatamente o que ela dissera. Allie podia ter viajado só para desestressar-se e comprar antiguidades. Era possível. Até provável.

Mas ainda assim... ainda assim... e se?

Lon considerou a outra possibilidade e, pela primeira vez em muito tempo, ficou assustado.

E se? *E se ela estiver com ele?*

Lon amaldiçoou o julgamento, desejando que já tivesse acabado. Desejando ter ido com ela. Perguntando-se se Allie havia lhe falado a verdade e esperando que sim.

E então decidiu não perdê-la. Faria tudo o que estivesse ao seu alcance para ficar com ela. Allie era tudo de que sempre precisara; nunca encontraria alguém como ela.

Com as mãos trêmulas, ligou pela quarta e última vez naquela noite.

E novamente não houve resposta.

Caiaques e sonhos esquecidos

❦

Allie acordou cedo na manhã seguinte, despertada contra a vontade pelo trinado incessante dos estorninhos, e esfregou os olhos, sentindo a rigidez do corpo. Não tinha dormido bem, acordando após cada sonho, e lembrava-se de ter visto os ponteiros do relógio em várias posições diferentes durante a noite, como se ela vigiasse a passagem do tempo.

Ela dormira com a camisa macia que Noah lhe dera e sentiu mais uma vez o cheiro dele enquanto pensava na noite que passaram juntos. O riso e a conversa fáceis voltaram à sua cabeça e Allie se lembrou particularmente da maneira como ele falara sobre sua pintura. Fora tão inesperado, mas animador, e, à medida que as palavras se repetiam em sua cabeça, percebeu como se arrependeria se tivesse decidido não vê-lo outra vez.

Olhou pela janela e viu os pássaros piando em busca de alimento à luz da manhã. Noah, ela sabia, sempre gostara muito das manhãs e costumava saudar o amanhecer à sua própria maneira.

Allie também sabia que ele gostava de andar de caiaque ou de canoa e lembrava-se de uma manhã que passara com Noah na canoa dele, vendo o sol nascer. Ela tivera de sair escondida pela janela para fazer isso porque seus pais não permitiriam, mas não fora pega, e recordava-se de como Noah passara o braço em volta dela e a puxara para perto quando a aurora começara a despontar. "Olhe para lá", sussurrara ele.

E Allie assistira a seu primeiro nascer do sol com a cabeça no ombro dele, perguntando-se se alguma coisa poderia ser melhor do que aquilo.

Quando enfim se levantou da cama para tomar banho, sentindo o chão frio sob os pés, Allie pensou se Noah estivera na água naquela manhã assistindo a outro amanhecer e concluiu que provavelmente sim.

❧

Allie estava certa.

Noah se levantou antes de o sol nascer e se vestiu depressa, a mesma calça jeans da noite anterior, uma camiseta, camisa limpa de flanela, casaco azul e botas. Escovou os dentes antes de descer, tomou rapidamente um copo de leite e pegou dois pãezinhos já saindo em direção à porta.

Depois de Clem cumprimentá-lo com algumas lambidas, Noah caminhou até o cais onde seu caiaque estava guardado. Ele gostava de deixar o rio fazer sua mágica: relaxar seus músculos, aquecer seu corpo, clarear sua mente.

O velho caiaque, bem gasto e já manchado pelo rio, ficava pendurado em dois ganchos enferrujados presos ao cais logo acima da linha-d'água, para evitar as cracas. Noah o tirou dos ganchos e o colocou a seus pés, inspecionou-o depressa, e então o carregou até a margem. Com alguns movimentos experientes pela força do hábito, levou-o para a água e seguiu contra a corrente, fazendo as vezes de piloto e de motor.

O ar estava fresco em sua pele, quase frio, e o céu era uma névoa de diversas cores: preto logo acima dele como um pico de montanha, depois com azuis de tons infinitos, clareando até chegar ao horizonte, onde o cinza tomava seu lugar. Respirou fundo algumas vezes, sentindo o aroma dos pinheiros e da água salobra, e se pôs a refletir.

Aquilo era uma das coisas de que sentira mais falta quando morara no Norte. Em razão das longas horas de trabalho, havia pouco tempo para passar na água. Acampar, fazer caminhadas, remar em rios, namorar, trabalhar... tivera de abrir mão de algo. Na maior parte do tempo, conseguira explorar a paisagem rural de Nova Jersey a pé sempre que tinha algum tempo sobrando, mas, durante catorze anos, não andara de canoa ou caiaque nem uma vez. Então fora uma das primeiras coisas que fizera ao voltar.

Havia algo de especial, quase místico, em passar a aurora na água, pensou, e Noah fazia isso quase todos os dias agora. Fosse um dia claro e ensolarado ou muito frio, isso não importava enquanto ele remava no ritmo da música em sua cabeça, trabalhando acima da água da cor do ferro. Viu uma família de tartarugas descansando em um tronco parcialmente submerso e uma garça levantando voo, deslizando pouco acima da água antes de desaparecer no lusco-fusco prateado que precedia o nascer do sol.

Noah remou para o meio do riacho, onde acompanhou o brilho alaranjado começar a se estender pela água. Então parou de remar com tanta força, procurando apenas manter-se no mesmo lugar, enquanto observava a luz começar a surgir entre as árvores. Ele gostava de parar ali durante o amanhecer – havia um momento em que a visão era espetacular, como se o mundo nascesse de novo. Depois, voltou a remar com vigor, liberando a tensão, preparando-se para o dia.

Enquanto fazia isso, algumas perguntas dançavam em sua mente. Noah se perguntou sobre Lon e que tipo de homem ele era, perguntou-se sobre o relacionamento de Allie com ele. Mas, acima de tudo, perguntou-se sobre ela e por que fora até ali.

Quando voltou, sentia-se renovado. Ao conferir o relógio, ficou surpreso em ver que passara duas horas na água. Porém o tempo sempre pregava peças ali fora e ele deixara de questioná-lo meses antes.

Pendurou o caiaque para secar, alongou-se por alguns minutos e foi até o galpão onde guardava sua canoa. Levou-a até a margem, deixando-a a alguns metros da água, e, enquanto voltava para a casa, notou que suas pernas continuavam um pouco rígidas.

A névoa matinal ainda não tinha se dissipado, e ele sabia que a rigidez em suas pernas costumava ser uma previsão de chuva. Olhou para oeste no céu e viu nuvens de tempestade, espessas e pesadas, distantes, mas definitivamente presentes. O vento não soprava com força, mas trazia as nuvens mais para perto. Pelo jeito delas, Noah não queria estar do lado de fora quando chegassem ali. Droga. Quanto tempo ele tinha? Umas duas horas. Talvez um pouco mais, talvez um pouco menos.

Tomou banho, vestiu outra calça jeans, uma camisa vermelha e botas pretas de caubói, escovou o cabelo e desceu para a cozinha. Lavou a louça da noite anterior, arrumou um pouco a casa, fez café e foi para a varanda. O céu estava mais escuro agora e ele conferiu o barômetro. Estável, mas na certa a pressão ia variar em breve. O céu a oeste prometia isso.

Noah aprendera havia muito tempo a nunca subestimar o clima e se perguntou se era uma boa ideia fazer o que planejara ao ar livre. Com a chuva ele podia lidar; já os raios eram uma história diferente. Ainda mais se estivesse na água. Uma canoa não era um bom lugar para se estar, já que o ar úmido conduzia facilmente a eletricidade.

Terminou de tomar café, deixando aquela decisão para mais tarde. Foi até o barracão de ferramentas e encontrou seu machado. Após verificar a lâmina pressionando o polegar nela, afiou-a com uma pedra de amolar até ficar boa. "Um machado cego é mais perigoso do que um afiado", costumava dizer seu pai.

Então passou os vinte minutos seguintes cortando e empilhando lenha. Fazia isso com facilidade, os golpes eficientes, sem esforço. Separou um pouco de madeira para mais tarde e levou-a para dentro de casa, colocando-a junto à lareira.

Olhou para a pintura de Allie outra vez e estendeu a mão para tocá-la, trazendo de volta a sensação de não acreditar que a vira novamente. Meu Deus, o que ela tinha que o fazia se sentir assim? Mesmo depois de todos aqueles anos. Que tipo de poder Allie tinha sobre ele?

Por fim, Noah se virou, balançando a cabeça, e voltou para a varanda. Checou o barômetro mais uma vez. Não havia mudado. Então olhou para o relógio.

Allie devia estar quase chegando.

❦

Allie tinha terminado de tomar banho e já estava vestida. Antes abrira a janela para checar a temperatura. Não estava frio lá fora, então escolheu um vestido de primavera creme, de mangas longas e gola alta. Era macio e confortável, talvez um pouco justo demais, mas lhe caía bem, e ela já pensara em sandálias brancas para combinar.

Passou a manhã andando pelo centro da cidade. A Grande Depressão tinha causado alguns danos ali, mas a prosperidade começava a dar sinais de que voltaria. O cinema maçônico, o mais antigo em funcionamento no país, parecia um pouco mais decadente, porém ainda estava aberto e passava alguns filmes atuais. O parque Fort Totten continuava o mesmo de catorze anos atrás, e Allie achou que as crianças que brincavam nos balanços depois da escola deviam parecer as mesmas também. Então sorriu com a lembrança, pensando na época em que as coisas eram mais simples. Ou pelo menos pareciam ser.

Aparentemente, nada mais era simples. Parecia muito improvável que tudo voltasse a se encaixar como no passado, e ela se perguntou o que estaria fazendo se nunca tivesse visto o artigo no jornal. Não era muito difícil imaginar, porque sua rotina quase nunca mudava. Era quarta-feira, ou seja, dia de bridge no clube de campo, depois se reuniria na Liga Feminina, onde provavelmente estariam organizando outro evento de arrecadação de fundos para a escola ou o hospital. Depois disso encontraria a mãe e voltaria para casa a fim de se preparar para o jantar com Lon, porque ele fazia questão de deixar o trabalho às sete. Era a única noite da semana em que costumava vê-lo regularmente.

Allie procurou conter a tristeza que sentia com relação a isso, esperando que um dia Lon mudasse. Ele sempre prometia isso – e mudava por algumas semanas, mas depois voltava à mesma rotina de sempre. "Hoje à noite eu não posso, querida", explicava. "Sinto muito, mas não posso. Prometo compensá-la depois."

Allie não gostava de discutir com Lon, ainda mais porque sabia que ele estava dizendo a verdade. O trabalho como advogado exigia muito, antes e durante o julgamento, ainda assim, não podia deixar de pensar às vezes por que Lon a cortejara tanto se não passava quase nenhum tempo com ela agora.

Quase não notou uma galeria de arte em seu caminho por causa dos pensamentos atribulados, mas então se virou e deu meia-volta. Parou à porta por um segundo, surpresa por já fazer tanto tempo que não ia a uma galeria. No mínimo três anos, talvez mais. Por que andara evitando isso?

Allie entrou – a galeria abrira junto com o restante das lojas na Front Street – e deu uma olhada nas pinturas. Muitos dos artistas eram locais e vários recorriam ao tema do mar em suas obras. Diversas cenas de oceano, praias arenosas, pelicanos, velhos navios, rebocadores, cais e gaivotas. Mas, principalmente, ondas. Ondas de todas as formas, tamanhos e cores imagináveis e, depois de um tempo, todas pareciam iguais. Os artistas não tinham muita inspiração ou eram acomodados, pensou Allie.

Porém, em uma parede, havia algumas pinturas que lhe agradaram mais. Todas eram de um artista do qual nunca ouvira falar, Elayn, e a maioria parecia ter sido inspirada na arquitetura das ilhas gregas. No quadro de que mais gostou, notou que o artista havia exagerado de propósito na cena com figuras em tamanho inferior ao real, linhas amplas e pinceladas pesadas de cor, como se não estivesse completamente em foco. Ainda assim, as cores eram vivas e vertiginosas, atraindo o olhar, quase direcionando o que deveria ser visto em seguida. Era dinâmico, dramático.

Quanto mais refletia sobre isso, mais gostava, e chegou a pensar em comprar o quadro antes de perceber que gostava dele porque lhe fazia lembrar de sua própria obra. Examinou-a mais de perto e chegou à conclusão de que talvez Noah estivesse certo. Talvez ela devesse começar a pintar de novo.

Às nove e meia, Allie deixou a galeria e foi para a Hoffman-Lane, uma loja de departamentos do centro da cidade. Levou alguns minutos para encontrar o que queria, mas estava lá, na seção de material escolar. Papel, giz e lápis, não de alta qualidade, mas bons o suficiente. Não era pintura, mas era um começo, e ela estava animada quando voltou para o quarto.

Sentou-se à mesa e começou a trabalhar: nada específico, apenas tentando pegar o jeito de novo, deixando formas e cores fluírem das lembranças da sua juventude. Após alguns minutos de abstração, Allie fez um esboço da paisagem da rua vista do seu quarto, espantada em perceber como tudo voltava com facilidade. Era quase como se nunca tivesse parado.

Examinou sua obra quando terminou, satisfeita com o esforço. Então se perguntou o que tentar em seguida e enfim decidiu. Como não tinha um modelo, visualizou-o antes de começar. E, embora fosse mais difícil do que a paisagem da rua, veio naturalmente à sua cabeça e começou a tomar forma.

Os minutos se passaram depressa. Ela trabalhou com firmeza, mas checava a hora sempre para não se atrasar, e terminou pouco antes do meio-dia. Levara quase duas horas, mas o resultado final a surpreendeu. Parecia que tinha levado muito mais tempo. Depois de enrolar o desenho, guardou-o em uma bolsa e recolheu o resto das coisas. A caminho da porta, olhou-se no espelho, sentindo-se estranhamente relaxada, sem saber direito por quê.

Desceu as escadas outra vez e passou pela porta. Prestes a sair, ouviu alguém chamá-la:

– Senhorita?

Allie se virou, sabendo que era com ela. O gerente. O mesmo homem do dia anterior, um olhar curioso no rosto.

– Sim?

– A senhorita recebeu alguns telefonemas na noite passada.

– Recebi? – indagou Allie, espantada.

– Sim. Todos de um Sr. Hammond.

Ah, meu Deus.

– Lon ligou?

– Sim, senhora, quatro vezes. Falei com ele quando ligou pela segunda vez. Estava bastante preocupado com a senhorita. Disse que era seu noivo.

Ela abriu um fraco sorriso, tentando esconder o que estava pensando. Quatro vezes? Quatro? O que isso podia significar? E se tivesse acontecido alguma coisa em casa?

– Ele falou alguma coisa? É uma emergência?

O gerente balançou a cabeça rapidamente.

– O Sr. Hammond não disse, mas ele não falou muita coisa. Na verdade, parecia mais preocupado com a senhorita.

Que bom, pensou Allie. Isso é bom. E então, de repente, sentiu uma pontada no peito. Por que a urgência? Por que tantas ligações? Será que fora alguma coisa que ela falara no dia anterior? Por que Lon seria tão persistente? Isso não era nada típico dele.

Será que ele poderia ter descoberto? Não... Isso era impossível. A menos que alguém a tivesse visto ali no dia anterior e ligado... Mas precisariam tê-la seguido até a casa de Noah. Ninguém faria isso.

Precisava ligar logo para ele; não havia como escapar. Mas, estranhamente, não queria fazer isso. Aquele era um tempo só dela, e pretendia passá-lo fazendo o que queria. Só tinha planejado falar com Lon mais tarde e, por algum motivo, sentia como se falar com ele naquele momento pudesse estragar o dia. Além disso, o que iria dizer? Como poderia explicar estar fora da pousada tão tarde? Um jantar tardio e depois uma caminhada? Talvez. Ou um filme? Ou...

– Senhorita?

Era quase meio-dia, pensou. Onde ele devia estar? No escritório, provavelmente... Não. No tribunal, concluiu de repente, e na mesma hora sentiu como se alguém a libertasse de grilhões. Não havia como falar com ele, nem se ela quisesse. Allie ficou surpresa com seus sentimentos. Sabia que não devia se sentir daquela forma, mas, ainda assim, aquilo não a perturbou. Então olhou para o relógio, decidida.

– Já é mesmo quase meio-dia?

O gerente assentiu depois de conferir o relógio.

– Sim, faltam quinze minutos.

– Infelizmente – começou ela –, meu noivo está no tribunal agora e não tenho como falar com ele. Se Lon ligar de novo, poderia lhe dizer que estou fazendo compras e que tentarei ligar mais tarde?

– É claro – respondeu o gerente.

Ela podia ver a pergunta nos olhos dele: "Mas por onde você andou na noite passada?" Ele sabia exatamente quando ela chegara. Tarde demais para uma mulher solteira naquela cidade pequena, Allie tinha certeza.

– Obrigada – disse ela, sorrindo. – Agradeço muito.

Dois minutos depois, estava no carro a caminho da casa de Noah, já imaginando como seria seu dia e sem se preocupar mais com os telefonemas. No dia anterior, teria ficado preocupada. Perguntou-se o que isso significava.

Enquanto Allie passava pela ponte levadiça menos de quatro minutos depois de ter deixado a pousada, Lon ligou do tribunal.

Água que corre

❦

Noah tomava chá gelado em sua cadeira de balanço, atento ao carro dela, quando finalmente o ouviu se aproximar da casa. Deu a volta até a frente e viu o carro parar sob o carvalho outra vez. O mesmo local do dia anterior. Clem latiu para cumprimentar Allie junto à porta do carro, a cauda balançando, e ele a viu acenar lá de dentro.

Allie saiu, fez carinho na cabeça de Clem, brincando com ela, então se virou, sorrindo para Noah, enquanto ele caminhava em sua direção. Ela parecia mais relaxada do que no dia anterior, mais confiante, e, de novo, ele sentiu certo choque ao vê-la. Mas foi um pouco diferente dessa vez. Novos sentimentos, não mais apenas lembranças. Na verdade, sua atração por Allie ficara ainda mais forte durante a noite, mais intensa, e isso o deixava um pouco nervoso em sua presença.

Allie, carregando uma pequena bolsa em uma das mãos, encontrou-o na metade do caminho. Ela o surpreendeu beijando-o delicadamente no rosto, a mão se demorando na cintura dele depois que se afastou.

– Olá – disse ela, os olhos brilhando. – Onde está a surpresa?

Ele relaxou um pouco, agradecendo a Deus por isso.

– Nem mesmo um "Como foi a sua noite?" ou "Boa tarde!"?

Ela sorriu. Paciência nunca tinha sido mesmo uma de suas maiores virtudes.

– Está bem. Boa tarde! Como foi a sua noite? E onde está a surpresa?

Ele riu de maneira descontraída, então parou de repente.

– Allie, acho que tenho más notícias.

– O que houve?

– Eu ia levá-la a um lugar, mas, com essas nuvens que estão chegando, não tenho certeza se devemos ir.

– Por quê?

– A tempestade. Estaremos ao ar livre e poderemos nos molhar. Além disso, talvez haja raios.

– Ainda não está chovendo. Qual é a distância daqui?

– Cerca de um quilômetro e meio subindo o rio.

– E eu nunca estive lá antes?

– Não quando estava assim.

Ela pensou por um segundo enquanto olhava em volta. E, quando falou, sua voz soou determinada:

– Então nós vamos. Não me importo se chover.

– Tem certeza?

– Absoluta.

Ele olhou para as nuvens outra vez, notando sua aproximação.

– Então é melhor irmos logo – disse Noah. – Posso levar isso lá para dentro para você?

Allie assentiu, entregando-lhe a bolsa, e ele correu até a casa e deixou a bolsa em uma cadeira na sala de estar. Depois pegou alguns pães e os colocou em um saco, que levou consigo ao sair.

Os dois caminharam até a canoa, Allie ao seu lado. Um pouco mais perto do que no dia anterior.

– Que lugar é esse, exatamente?

– Você vai ver.

– Não vai nem me dar uma dica?

– Bem – disse ele –, você lembra quando saímos de canoa e vimos o sol nascer?

– Pensei nisso hoje de manhã. Lembro que me fez chorar.

– O que vai ver hoje fará o que você viu parecer comum.

– Acho que deveria me sentir especial por isso.

Noah deu alguns passos antes de falar:

– Você é especial.

A maneira como falou a fez se perguntar se ele pretendia acrescentar algo. Mas Noah não disse mais nada, então Allie deu um breve sorriso, depois desviou o olhar. Ao fazer isso, ela sentiu em seu rosto o vento, que ficara mais forte desde aquela manhã.

Chegaram ao cais logo depois. Noah atirou a sacola na canoa e verificou rapidamente se não havia esquecido nada, então empurrou o barco para a água.

– Posso fazer alguma coisa? – indagou Allie.

– Não, apenas entre.

Depois que ela subiu, Noah empurrou a canoa mais para dentro da água. Então saltou graciosamente para dentro dela, pisando com cuidado para evitar que ela virasse.

Allie ficou impressionada com sua agilidade, sabendo que o que Noah tinha feito de forma tão rápida e fácil era mais difícil do que parecia. Sentou-se na proa da canoa, virada de costas para a água. Quando começou a remar, ele disse algo sobre Allie perder a vista, mas ela fez que não com a cabeça, garantindo-lhe que estava bem daquele jeito.

E era verdade.

Ela podia ver toda a paisagem se virasse a cabeça, mas, acima de tudo, queria ver Noah. Era por ele que ela fora até lá, não pelo riacho. A camisa dele estava desabotoada em cima e Allie podia ver seus músculos do peito se flexionarem a cada remada. As mangas estavam enroladas, então também podia notar os músculos dos braços erguendo-se ligeiramente. Seus músculos eram bem desenvolvidos pelo hábito de remar todas as manhãs.

Artístico, pensou Allie. *Há um quê quase artístico quando ele faz isso. Algo natural, como se estar na água fosse uma coisa além de seu controle, parte de um gene transmitido a ele desde algum obscuro antepassado.* Enquanto o observava, pensou em como deviam parecer os primeiros exploradores quando descobriram aquela área.

Ela não conseguia pensar em ninguém que se parecesse com Noah, nem de longe. Ele era complicado, quase contraditório de muitas formas; ainda assim, simples, uma combinação estranhamente erótica. Por fora, era um rapaz do campo, de volta para casa após a guerra, e Noah provavelmente se enxergava assim.

No entanto, era muito mais do que isso. Talvez a poesia o tornasse diferente, ou talvez fossem os valores que o pai lhe infundira enquanto crescia. De um jeito ou de outro, ele parecia saborear a vida de forma mais plena do que os outros, e isso tinha sido a primeira coisa nele que a atraíra.

– No que está pensando?

Allie sentiu o coração acelerar um pouco quando a voz de Noah a trouxe de volta ao presente. Então percebeu que não dissera muita coisa desde que tinham saído.

Apreciou o fato de ele haver lhe concedido esse tempo em silêncio. Noah sempre fora atencioso assim.

– Em coisas boas – respondeu Allie calmamente, e viu nos olhos dele que Noah sabia que ela estava pensando nele.

Gostou disso, e esperou que ele também estivesse pensando nela.

Então notou que algo se agitava dentro dela, da mesma forma que tantos anos antes. Observá-lo, ver seu corpo se mover, fazia com que se sentisse assim. E, enquanto se entreolhavam demoradamente, Allie pôde perceber o calor em seu pescoço e nos seios. Corou, virando para o outro lado antes que ele notasse.

– Quanto falta? – perguntou Allie.

– Cerca de 1 quilômetro. Não mais que isso.

Uma pausa. Então, ela disse:

– É muito bonito aqui. Tão limpo. Tão silencioso. É quase como voltar no tempo.

– De certa forma, acho que sim. O riacho vem da floresta. Não há uma única fazenda daqui até a nascente e a água é extremamente pura. É provável que seja tão pura quanto sempre foi.

Allie se inclinou na direção dele.

– Diga-me, Noah, o que você mais lembra do verão que passamos juntos?

– Tudo.

– Alguma coisa em particular?

– Não – disse ele.

– Você não se lembra?

Ele respondeu depois de um instante, calmo e circunspecto:

– Não, não é isso. Não é o que está pensando. Falei sério quando disse "tudo". Ainda me lembro de todos os momentos que passamos juntos, e, em cada um deles, houve algo maravilhoso. Não consigo escolher nenhum que tenha significado mais do que outro. O verão inteiro foi perfeito, o tipo de verão que todos deveriam ter. Como eu poderia escolher um só momento dele?

Noah respirou fundo e continuou:

– Os poetas muitas vezes descrevem o amor como uma emoção que não podemos controlar, que subjuga a lógica e o bom senso. Foi assim para mim. Não planejei me apaixonar por você, e duvido que você tenha planejado se apaixonar por mim. Mas, quando nos conhecemos, ficou claro que nenhum de nós poderia controlar o que estava acontecendo conosco. Nós nos apaixonamos apesar das nossas diferenças e, quando isso aconteceu, algo raro e bonito se criou. Para mim, um amor assim só aconteceu uma vez, e é por isso que cada minuto que passamos juntos ficou gravado na minha memória. Nunca vou esquecer um único instante.

Allie olhou para ele. Ninguém jamais lhe dissera nada como aquilo antes. Nunca. Ela não sabia o que falar e ficou em silêncio, o rosto quente.

– Sinto muito se a deixei desconfortável, Allie. Não era a minha intenção. Porém, aquele verão permaneceu comigo e provavelmente ficará em mim para sempre. Sei que não dá mais para ser assim entre nós, mas isso não muda a maneira como eu me sentia com relação a você na época.

Allie falou calmamente, sentindo-se bem:

– Você não me deixou desconfortável, Noah... É só que nunca ouço coisas assim. O que você disse foi lindo. Só um poeta sabe falar dessa forma e, como falei, você é o único poeta que já conheci.

Fez-se, então, um calmo silêncio entre os dois. Uma águia-pescadora gritou em algum lugar ao longe. Uma tainha saltou, espirrando água perto da margem. O remo se movia de forma rítmica, provocando ondulações que faziam o barco correr suavemente. A brisa tinha parado e as nuvens ficavam mais escuras à medida que a canoa seguia em direção a um destino desconhecido.

Allie percebia tudo, cada som, cada pensamento. Seus sentidos tinham ganhado vida, revigorando-a, e ela deixou a mente vagar pelas últimas semanas. Pensou na ansiedade que ir até a casa de Noah lhe causara. O choque ao ver o artigo, as noites de insônia, seu temperamento irritável durante os dias. Até mesmo no dia anterior, tivera medo e quisera fugir. A tensão se fora agora, cada pedacinho dela, dando lugar a outra coisa, e ela estava feliz com isso enquanto navegava em silêncio na velha canoa vermelha.

Allie se sentia estranhamente satisfeita por ter ido até lá, satisfeita por Noah ter se transformado no tipo de homem que ela pensara que ele se tornaria, satisfeita por poder passar a vida inteira sabendo disso. Tinha visto nos últimos anos muitos homens destruídos pela guerra, pelo tempo ou mesmo pelo dinheiro. Era preciso ser forte para se agarrar assim às coisas que amava, e Noah fizera isso.

Aquele era um mundo de trabalhadores, não de poetas, e as pessoas teriam dificuldade em entender Noah. Os Estados Unidos estavam a todo vapor agora, todos os jornais diziam isso, e as pessoas seguiam em frente, deixando para trás os horrores da guerra. Allie entendia seus motivos, mas, como Lon, elas seguiam em direção a longas horas de trabalho e lucros, negligenciando as coisas que traziam beleza ao mundo.

Quem ela conhecia em Raleigh que dedicava seu tempo a reformar uma casa? Ou a ler Walt Whitman ou T. S. Eliot, formando imagens na mente, pensamentos do espírito? Ou que caçava o amanhecer a bordo de uma canoa? Essas não eram as coisas que motivavam a sociedade, mas Allie sentia que não deviam ser tratadas como algo sem importância. Pois eram o que fazia a vida valer a pena.

Para Allie, era o mesmo com a arte, embora só tivesse percebido isso – ou melhor, se lembrado disso – depois de ir até ali. Ela já soubera algum dia e, de novo, recriminou-se por se esquecer de algo tão importante como criar beleza. Allie nascera para pintar, tinha certeza disso agora. Seus sentimentos naquela manhã haviam confirmado, e ela sabia que, o que quer que viesse a acontecer, tentaria outra vez. Uma tentativa justa, independentemente do que qualquer um dissesse.

Será que Lon a encorajaria a pintar? Lembrou-se de que havia lhe mostrado uma de suas pinturas alguns meses depois de terem começado a sair. Era uma pintura abstrata, que devia inspirar o pensamento. De certa forma, parecia a pintura acima da lareira de Noah, a que ele entendia perfeitamente, embora pudesse ter sido feita de forma um pouco menos apaixonada. Lon olhara a pintura, quase a estudara, e então lhe perguntara o que devia ser. Allie não se dera o trabalho de responder.

Balançou a cabeça, sabendo que não estava sendo muito justa. Amava Lon, e sempre amara, por outras razões. Embora não fosse Noah, Lon era um homem bom, o tipo de homem com quem sempre soubera que se casaria. Com Lon não haveria surpresas, e havia certo conforto em saber o que o futuro traria. Ele seria um marido gentil, e ela, uma boa esposa. Teria uma casa perto dos amigos e da família, filhos, uma posição respeitável na sociedade. Era o tipo de vida que sempre esperara, o tipo que queria. E, embora não pudesse descrever o envolvimento deles como ardoroso, ela se convencera havia muito tempo de que isso não era essencial, mesmo em um relacionamento com a pessoa com quem pretendia se casar. A paixão diminuiria com o tempo e coisas como companheirismo e compatibilidade tomariam seu lugar. Ela e Lon tinham isso, e Allie acreditara que era tudo de que precisava.

Mas agora, enquanto observava Noah remar, questionava essa suposição básica. Ele exalava sensualidade em tudo o que fazia, tudo o que era, e Allie se pegou pensando nele de uma maneira que alguém que estava noiva de outra pessoa não deveria pensar. Tentava não fitá-lo e desviava o olhar várias vezes, mas a maneira ágil como Noah movia seu corpo tornava difícil manter os olhos afastados dele por muito tempo.

– Aqui estamos – disse Noah enquanto guiava a canoa em direção a algumas árvores perto da margem.

Allie olhou em volta e não viu nada de diferente.

– Onde?

– Aqui – disse ele de novo, direcionando a canoa para uma velha árvore que tinha caído e encobrindo quase completamente uma abertura.

Noah guiou a canoa em volta da árvore e os dois tiveram de abaixar a cabeça para não batê-la.

– Feche os olhos – sussurrou ele.

Allie obedeceu, cobrindo o rosto com as mãos. Ela ouviu a água correndo e sentiu o movimento da canoa enquanto ele a levava para a frente, afastando-os da correnteza do riacho.

– Ok – disse Noah por fim depois de parar de remar. – Pode abrir os olhos agora.

Cisnes e tempestades

Estavam no meio de um pequeno lago alimentado pelas águas do riacho. Não era grande, talvez uns 90 metros de largura, e Allie estava surpresa por não tê-lo visto momentos antes.

Era espetacular. Estavam rodeados por cisnes-da-tundra e gansos-do-canadá. Milhares deles. As aves flutuavam tão próximas umas das outras em alguns lugares que ela não podia ver a água. De longe, os grupos de cisnes quase pareciam icebergs.

– Ah, Noah – disse por fim –, é lindo.

Os dois ficaram em silêncio por um longo tempo observando as aves. Noah apontou para um grupo de filhotes, que tinham saído havia pouco do ovo, seguindo um bando de gansos perto da costa e esforçando-se para acompanhá-los.

Os grasnidos e trinados preenchiam o ar enquanto Noah levava a canoa pela água. As aves os ignoravam a maior parte do tempo. As únicas que pareciam incomodadas eram aquelas forçadas a se mover quando a canoa se aproximava. Allie estendeu a mão para tocar as mais próximas e sentiu as penas delas se eriçarem sob seus dedos.

Noah pegou o saco de pão que levara e o entregou a Allie. Ela espalhou o pão, favorecendo as menores, sorrindo enquanto nadavam em círculos, à procura de comida.

Eles ficaram até um trovão retumbar a distância – fraco mas poderoso – e perceberem que era hora de partir.

Noah os levou de volta à corrente do riacho, remando mais forte que antes. Allie ainda estava impressionada com o que vira.

– Noah, o que eles estão fazendo aqui?

– Não faço ideia. Sei que os cisnes do Norte migram para o lago Mattamuskeet todo inverno, mas acho que vieram para cá desta vez. Não sei por quê. Talvez uma nevasca adiantada tenha algo a ver com isso. Talvez tenham se perdido ou algo do gênero. Mas vão encontrar o caminho de volta.

– Eles não vão ficar?

– Duvido. São movidos pelo instinto, e aqui não é o lugar deles. Alguns dos gansos talvez passem o inverno aqui, mas os cisnes voltarão a Mattamuskeet.

Noah começou a remar ainda mais rápido quando as nuvens escuras cobriram o céu acima deles. Em pouco tempo, a chuva começou a cair, fraca no início, porém ficando gradualmente mais forte. Um raio... pausa... então um trovão de novo. Um pouco mais alto agora. Talvez a uns 9 ou 10 quilômetros de distância. E a chuva só aumentava enquanto Noah remava com uma força cada vez maior, seus músculos se contraindo a cada movimento.

Gotas mais grossas.

Caindo...

Caindo com o vento...

Caindo forte... Noah remando... numa corrida contra o céu... ainda se molhando... xingando baixinho... perdendo para a Mãe Natureza...

A chuva por fim despencou e Allie via a água cair em diagonal do céu, tentando desafiar a gravidade ao sabor dos ventos ocidentais que assobiavam sobre as árvores. O céu escureceu um pouco mais e gotas pesadas e grandes caíam das nuvens. Gotas enormes.

Allie se deleitou com a chuva e inclinou a cabeça para trás por um instante para deixar as gotas caírem em seu rosto. Sabia que a frente de seu vestido ficaria encharcada em alguns minutos, mas não se importava. Perguntou-se, no entanto, se Noah havia percebido, então concluiu que provavelmente sim.

Passou as mãos pelo cabelo, sentindo sua umidade. A sensação era maravilhosa, Allie se sentia maravilhosa, tudo parecia maravilhoso. Apesar do barulho da chuva, ela podia ouvi-lo ofegante, e esse som a excitou de uma forma que não acontecia fazia anos.

Uma nuvem desaguou bem em cima deles e chovia cada vez mais forte, de um jeito que Allie nunca vira antes. Ela olhou para cima e riu, desistindo de qualquer tentativa de se manter seca, o que fez Noah se sentir melhor. Ele não sabia o que ela estava achando daquela chuva. Mesmo tendo decidido andar de canoa apesar do tempo, Noah duvidava que ela esperasse ser apanhada por uma tempestade como aquela.

Chegaram ao cais alguns minutos depois e Noah aproximou o barco o suficiente para Allie sair. Ele a ajudou, depois saiu sozinho e arrastou a canoa bem para cima na margem para não ser levada pela água. Mas, por precaução, amarrou-a ao cais, sabendo que mais um minuto na chuva não faria diferença.

Enquanto amarrava a canoa, olhou para Allie e parou de respirar por um segundo. Ela estava incrivelmente linda enquanto o esperava, observando-o, bastante confortável na chuva. Não tentava se manter seca nem se esconder, e ele via o contorno de seus seios no tecido do vestido agora colado firmemente ao corpo. Não era uma chuva fria, mas Noah podia ver os mamilos dela sobressaindo-se, duros como pequenas pedras. Logo sentiu uma alteração na virilha e se virou depressa, envergonhado, xingando-se baixinho e feliz por a chuva abafar sua voz. Quando terminou e se levantou, Allie pegou a mão dele, surpreendendo-o. Apesar da tempestade, não saíram correndo para a casa, e Noah imaginou como seria passar a noite com ela.

Allie também não parava de pensar nele. Sentia o calor das mãos de Noah e se perguntava como seria tê-las tocando seu corpo, sentindo-a por inteiro, demorando-se lentamente em sua pele. Só de pensar nisso, teve de respirar fundo e sentiu os mamilos começarem a latejar e um novo calor entre as pernas.

Ela percebeu, então, que algo tinha mudado desde que chegara ali.

E, embora não pudesse identificar o exato momento – no dia anterior depois do jantar, ou naquela tarde na canoa, ou quando viram os cisnes, ou talvez até mesmo naquele instante, enquanto andavam de mãos dadas –, Allie sabia que se apaixonara por Noah Taylor Calhoun de novo e que talvez, apenas talvez, nunca tivesse deixado de amá-lo.

※

Não havia nenhum desconforto entre eles quando alcançaram a porta e entraram, parando no corredor, as roupas pingando.

– Você trouxe alguma muda de roupa?

Allie fez que não com a cabeça, ainda sentindo as emoções se agitarem dentro dela, perguntando-se se isso estava visível em seu rosto.

– Acho que consigo arranjar alguma coisa para você vestir, para poder tirar essas roupas molhadas. Talvez fique um pouco grande, mas pelo menos será uma roupa mais quente.

– Qualquer coisa – disse ela.

– Volto em um segundo.

Noah tirou as botas e subiu as escadas depressa, descendo pouco tempo depois. Trazia uma calça de algodão e uma camisa de manga comprida embaixo de um braço e uma calça jeans e uma camisa azul sob o outro.

– Pegue – disse, entregando-lhe a calça de algodão e a camisa. – Você pode se trocar no quarto lá em cima. Tem um banheiro e uma toalha lá também, se quiser tomar banho.

Allie agradeceu com um sorriso e subiu a escada, sentindo que Noah a observava. Entrou no quarto e fechou a porta, em seguida colocou a calça e a camisa na cama dele e tirou a roupa. Nua, foi até o armário e encontrou um cabide, em que pendurou o vestido, o sutiã e a calcinha, e levou-o para o banheiro para que a roupa não pingasse no piso de madeira. Sentiu uma empolgação secreta por estar nua no mesmo quarto em que Noah dormia.

Não queria tomar uma ducha depois de ter estado na chuva. Gostava da sensação suave da chuva em sua pele; isso fazia com que se lembrasse de como as pessoas viviam anos e anos atrás. Naturalmente. Como Noah.

Vestiu as roupas dele e se olhou no espelho. A calça era grande, mas ficou melhor quando enfiou a camisa para dentro e também enrolou a barra para não arrastar. O decote estava um pouco rasgado e quase caía em um dos ombros, mas Allie gostou de como ficava nela. Puxou as mangas até perto dos cotovelos, foi até a cômoda e pegou um par de meias, depois seguiu para o banheiro para procurar uma escova de cabelo.

Penteou o cabelo apenas o suficiente para tirar os nós, deixando-o cair sobre os ombros. Ao se olhar no espelho, desejou ter levado uma presilha ou alguns grampos.

E rímel. Mas o que Allie poderia fazer? Seus olhos ainda tinham um pouco do que colocara mais cedo; retocou-o com uma toalha, fazendo o melhor possível.

Quando terminou, deu uma olhada no espelho, sentindo-se bonita apesar de tudo, e desceu as escadas.

Noah estava na sala de estar, agachado diante da lareira, tentando acendê-la. Ele não a viu entrar e ela ficou observando-o. Ele trocara de roupa também e estava bonito: os ombros largos, o cabelo molhado quase chegando à gola da camisa, uma calça jeans justa.

Noah mexia no fogo com um atiçador, movendo a lenha, e acrescentava mais alguns gravetos. Allie se apoiou contra o batente da porta, as pernas cruzadas, e continuou a admirá-lo. Em poucos minutos, o fogo estava alto e estável. Ele virou para o lado a fim de ajeitar a lenha não utilizada e a viu pelo canto do olho. Então se virou rápido na direção dela.

Mesmo com as roupas dele, Allie estava linda. Após um instante, Noah se voltou, sem graça, para a pilha de lenha.

– Não ouvi você entrar – falou, tentando soar casual.

– Eu sei. Não tinha como ouvir.

Allie sabia o que Noah andara pensando e achou graça em perceber como ele parecia ingênuo.

– Há quanto tempo está aí?

– Alguns minutos.

Noah esfregou as mãos na calça, então apontou para a cozinha.

– Quer um chá? Coloquei água para esquentar enquanto você estava lá em cima.

Estava jogando conversa fora, qualquer coisa para clarear a mente. Mas, droga, vê-la daquele jeito...

Allie pensou por um segundo, viu o modo como Noah olhava para ela e sentiu os velhos instintos assumirem.

– Você tem algo mais forte ou é muito cedo para beber?

Ele sorriu.

– Tenho um pouco de uísque na despensa. Serve?

– Parece ótimo.

Noah se dirigiu para a cozinha e Allie o viu passar a mão pelo cabelo molhado enquanto desaparecia.

Um trovão ribombou alto e a chuva despencou outra vez. Allie podia ouvir o barulho da chuva no telhado e a lenha estalando enquanto as chamas tremeluzentes iluminavam a sala. Ela se virou para a janela e viu o céu cinzento brilhar e ficar mais claro por apenas um segundo. Momentos depois, outro trovão. Perto, dessa vez.

Allie pegou uma colcha do sofá e se sentou no tapete em frente à lareira. Cruzando as pernas, arrumou a colcha até se sentir confortável e ficou vendo as chamas dançarem. Noah voltou, viu o que ela fizera e sentou-se ao seu lado. Então pousou dois copos e serviu o uísque. Do lado de fora, o céu ficou mais escuro.

Outro trovão. Alto. A tempestade estava no auge e os ventos chicoteavam a chuva, fazendo-a cair em círculos.

– É uma tempestade e tanto – disse Noah, vendo as gotas correrem em rios verticais pelas janelas.

Ele e Allie estavam próximos agora, embora seus corpos não se tocassem, e Noah via o peito dela subir ligeiramente cada vez que respirava, imaginando mais uma vez a sensação do corpo de Allie, e fez um esforço para se controlar.

– Eu gosto – disse ela, tomando um gole. – Sempre gostei de tempestades. Até mesmo quando era mais nova.

– Por quê? – Noah falou qualquer coisa, procurando se manter calmo.

– Não sei. Elas sempre pareceram românticas para mim.

Allie ficou em silêncio por um instante e Noah viu o brilho do fogo em seus olhos cor de esmeralda. Então ela perguntou:

– Você se lembra de quando vimos a tempestade juntos algumas noites antes de eu partir?

– Claro.

– Eu pensava nisso o tempo todo depois que fui para casa. Sempre pensava em como você estava naquela noite. Era como eu me lembrava de você.

– Eu mudei muito?

Allie tomou outro gole de uísque, sentindo-o aquecê-la. Então tocou a mão dele ao responder:

– Na verdade, não. Não nas coisas que eu me lembro. Você está mais velho, é claro, com mais vida como bagagem, mas ainda tem o mesmo brilho nos olhos. Ainda lê poesia e navega em rios. E ainda tem em si uma gentileza que nem mesmo a guerra poderia lhe tirar.

Noah pensou no que ela disse e sentiu a mão de Allie na sua, o polegar dela traçando círculos lentos.

– Allie, você perguntou mais cedo do que eu mais me lembrava do verão que passamos juntos. Do que você lembra?

Ela levou um tempo para responder. Sua voz pareceu vir de outro lugar:

– De fazermos amor. É disso que mais me lembro. Você foi o primeiro homem para mim, e foi tudo ainda mais maravilhoso do que eu poderia imaginar.

Noah tomou um gole do uísque, recordando, trazendo de volta os velhos sentimentos, então de repente balançou a cabeça. Aquilo já estava bastante difícil.

– Eu me lembro de ter sentido tanto medo antes que tremia, mas, ao mesmo tempo, eu estava muito empolgada – prosseguiu ela. – Fico feliz que você tenha sido o primeiro. Fico feliz por termos compartilhado isso.

– Eu também.

– Você estava com tanto medo quanto eu?

Noah assentiu sem falar e ela sorriu diante da honestidade dele.

– Foi o que pensei. Você sempre foi tímido assim. Ainda mais no início. Lembro que você perguntou se eu tinha namorado e, depois que eu disse que sim, você quase não falou mais comigo.

– Eu não queria me meter entre vocês dois.

– Mas, no fim das contas, acabou se metendo, apesar da sua pretensa inocência – disse ela, sorrindo. – E fico feliz por isso.

– Quando você finalmente contou a ele sobre nós?

– Depois que voltei para casa.

– Foi difícil?

– Nem um pouco. Eu estava apaixonada por você.

Allie apertou a mão de Noah, soltou-a e se aproximou. Então enlaçou o braço dele e descansou a cabeça em seu ombro.

Noah podia sentir o cheiro dela, suave como a chuva, quente.

– Você se lembra de quando voltamos andando para casa depois do festival? – perguntou Allie baixinho. – Perguntei se você queria me ver outra vez. Você só assentiu com a cabeça e não disse nada. Não foi muito convincente.

– Eu nunca tinha conhecido alguém como você antes. Não pude evitar. Eu não sabia o que dizer.

– Eu sei. Você não podia esconder nada. Seus olhos sempre o entregavam. Você tinha os olhos mais incríveis que eu já vi.

Allie fez uma pausa, levantou a cabeça do ombro de Noah e fixou seu olhar nele. Quando falou, sua voz mal passava de um sussurro:

– Acho que amei mais você naquele verão do que já amei qualquer outra pessoa.

Um raio clareou o céu outra vez. Nos instantes silenciosos antes do trovão, seus olhos se encontraram enquanto tentavam apagar os catorze anos de distância, os dois sentindo uma mudança desde o dia anterior. Quando o trovão enfim soou, Noah suspirou e virou de costas para ela, fitando as janelas.

– Queria que você tivesse lido as cartas que lhe escrevi – disse.

Allie não falou por um longo tempo.

– Não dependia só de você, Noah. Eu não lhe contei, mas escrevi uma dúzia de cartas depois que voltei para casa. Só que nunca as enviei.

– Por quê? – perguntou Noah, surpreso.

– Acho que eu tinha muito medo.

– De quê?

– De que talvez não fosse tão real quanto eu pensava. De que talvez você tivesse me esquecido.

– Eu nunca faria isso. Não podia nem pensar.

– Sei disso agora. Posso ver quando olho para você. Mas, naquela época, era diferente. Havia tanta coisa que eu não entendia, coisas que a mente de uma garota não conseguia compreender.

– O que quer dizer?

Allie fez uma pausa, organizando os pensamentos.

– Como nunca recebi uma carta sua, eu não sabia o que pensar. Lembro-me de ter conversado com minha melhor amiga sobre o que aconteceu naquele verão e ela dizer que você tinha conseguido o que queria e que não estava nem um pouco surpresa por você não escrever. Eu não acreditava que você fosse assim, nunca acreditei, mas, ao ouvir aquilo e pensar em todas as nossas diferenças, eu me perguntei se talvez o verão tivesse significado mais para mim do que para você... Então, enquanto tudo isso passava pela minha cabeça, recebi notícias de Sarah. Ela me contou que você tinha ido embora de New Bern.

– Fin e Sarah sempre souberam onde eu estava...

Allie ergueu a mão para interrompê-lo.

– Eu sei, mas nunca perguntei. Imaginei que você tivesse deixado New Bern para começar uma nova vida, sem mim. Por que outro motivo você não escreveria? Ou ligaria? Ou iria me ver?

Noah desviou o olhar sem responder. Allie continuou:

– Eu não sabia e, com o tempo, a dor começou a diminuir e foi ficando mais fácil deixar tudo para trás. Pelo menos pensei que sim. Mas, em todo rapaz que conheci nos anos seguintes, me pegava procurando por você, e, quando os sentimentos ficavam fortes de- mais, eu lhe escrevia outra carta. Mas nunca as enviei, por medo do que poderia encontrar. Você tinha seguido em frente, e eu não queria pensar em você amando outra pessoa. Queria me lembrar de nós como éramos naquele verão. Não queria perder aquilo nunca.

Allie disse isso de maneira tão doce, tão inocente, que Noah quis beijá-la quando terminou. Mas não o fez. Em vez disso, lutou contra aquele desejo e o refreou, sabendo que não precisava daquilo. Mas era tão maravilhoso tê-la ali, senti-la tocando-o...

– Escrevi a última carta há alguns anos. Depois que conheci Lon, escrevi para o seu pai para descobrir onde você estava. Mas já fazia tanto tempo que eu não o via que eu nem sabia se ele ainda estaria lá. E com a guerra...

Ela parou, e os dois ficaram quietos por um instante, ambos perdidos nos próprios pensamentos. Raios iluminaram o céu de novo antes de Noah finalmente quebrar o silêncio:

– Gostaria que você tivesse enviado, de qualquer forma.

– Por quê?

– Só para ter notícias suas. Para saber como você estava.

– Você poderia ficar decepcionado. Minha vida não é muito emocionante. Além disso, não sou exatamente como você lembra.

– Você é ainda melhor do que eu me lembrava, Allie.

– Você é gentil, Noah.

Ele quase parou por ali, sabendo que, se deixasse as palavras dentro dele, poderia de alguma forma manter o controle, o mesmo controle que mantivera nos últimos catorze anos. Mas algo o havia dominado, e Noah cedeu, esperando que, de alguma forma, isso pudesse levá-los de volta ao que haviam tido tanto tempo antes.

– Não estou dizendo isso porque sou gentil. Estou dizendo porque eu a amo e sempre amei. Mais do que você pode imaginar.

Um pedaço de lenha estalou, lançando faíscas em direção à chaminé, e os dois ficaram vendo o resto de madeira que sobrara, já quase completamente queimado. A lareira precisava de mais lenha, mas nenhum dos dois se moveu.

Allie tomou outro gole de uísque e começou a sentir seus efeitos. Mas não foi só o álcool que a fez abraçar Noah um pouco mais forte e sentir o calor do corpo dele. Ao olhar pela janela, viu que as nuvens estavam quase pretas.

– Deixe-me acender o fogo outra vez – disse Noah, precisando pensar, e ela o soltou.

Ele foi até a lareira, abriu a tela e atirou um pouco mais de madeira. Então usou o atiçador para ajeitar a lenha, cuidando para que o fogo pegasse facilmente.

A chama começou a se espalhar outra vez e Noah voltou para o lado dela. Allie se aconchegou nele de novo, descansando a cabeça em seu ombro como antes, sem falar, e passando a mão levemente pelo peito dele. Noah se inclinou mais para perto e sussurrou no ouvido dela:

– Isto me faz lembrar de como fomos um dia. Quando éramos jovens.

Ela sorriu, pensando a mesma coisa, e eles ficaram abraçados observando o fogo e a fumaça.

– Noah, você nunca me perguntou, mas quero que saiba uma coisa.

– O quê?

– Nunca houve outro, Noah. Você não foi só o primeiro. Você é o único homem com quem já estive. Não espero que diga o mesmo, mas queria que soubesse – disse Allie com voz terna.

Noah ficou em silêncio e virou para outro lado. Ela sentiu o corpo mais aquecido enquanto observava o fogo. A mão dela corria pelos músculos dele sob a camisa, rígidos e firmes, enquanto se apoiavam um no outro.

Allie se lembrou de quando haviam se abraçado assim ao acharem que seria a última vez. Estavam sentados em um quebra-mar projetado para segurar as águas do rio Neuse. Ela estava chorando porque talvez eles nunca mais se vissem e se perguntando como poderia voltar a ser feliz. Em vez de responder, Noah colocara um bilhete em sua mão, que ela lera a caminho de casa. Allie o guardara, ocasionalmente lendo tudo ou às vezes só um pedaço. Uma parte ela já lera pelo menos cem vezes e, por alguma razão, ela surgiu em sua cabeça naquele instante. Dizia assim:

Essa separação dói tanto porque nossas almas estão conectadas. Talvez sempre tenham estado e sempre vão estar. Talvez tenhamos vivido mil vidas antes desta e, em cada uma delas, nós nos encontramos. E talvez todas as vezes tenhamos sido afastados pelos mesmos motivos. Isso significa que este adeus é tanto uma despedida dos últimos dez mil anos quanto um prelúdio do que virá.

Quando olho para você, vejo sua graça e beleza e sei que só aumentaram a cada vida que você teve. E sei que passei todas as vidas antes desta procurando por você. Não alguém como você, mas você, pois sua alma e a minha devem sempre ficar juntas. E então, por uma razão que nenhum de nós compreende, somos obrigados a dizer adeus.

Adoraria lhe garantir que vai dar tudo certo para nós, e prometo fazer tudo o que puder para isso. Mas, se nunca mais nos encontrarmos e este for mesmo o adeus, sei que nos veremos novamente em outra vida. Vamos nos encontrar de novo e, talvez, as estrelas tenham mudado, e não só nos amaremos dessa vez, mas por todas as vezes que passaram antes.

Seria possível?, perguntou-se ela. *Noah poderia estar certo?*

Allie nunca descartara a possibilidade, querendo se agarrar àquela promessa caso fosse verdade. Essa ideia a ajudara a superar muitos tempos difíceis. Mas estar com ele ali, naquele momento, parecia testar a teoria de que estavam destinados a sempre ficarem separados. A menos que as estrelas tivessem mudado desde a última vez que estiveram juntos.

E talvez tivessem, mas Allie não queria olhar. Em vez disso, encostou seu corpo no dele e sentiu o calor que emanava, sentiu o corpo dele e o braço mais firme em torno dela. E seu corpo começou a tremer com a mesma expectativa que sentira na primeira vez em que ficaram juntos.

Parecia tão certo estar ali. Tudo parecia certo. O fogo, as bebidas, a tempestade – não poderia ser mais perfeito. Parecia que, como mágica, os anos em que ficaram afastados não importassem mais.

Um raio cortou o céu lá fora. O fogo dançava na madeira incandescente, espalhando o calor. A chuva de outubro caía torrencialmente contra as janelas, abafando todos os outros sons.

Então eles se entregaram a tudo contra o que tinham lutado nos últimos catorze anos. Allie levantou a cabeça do ombro de Noah, encarando-o com olhos nebulosos, e ele a beijou suavemente nos lábios. Ela levou a mão ao rosto dele, acariciando-o devagar. Ele se inclinou lentamente e a beijou de novo, ainda suave e ternamente, e ela o beijou em resposta, sentindo os anos de separação se dissolverem em meio à paixão.

Allie fechou os olhos e entreabriu os lábios enquanto ele corria os dedos para cima e para baixo nos braços dela, lenta e delicadamente. Noah beijou o pescoço dela, o rosto, as pálpebras, e Allie sentia a umidade da boca dele onde os lábios a tocavam. Pegou a mão dele e conduziu-a até seus seios, deixando escapar um gemido quando Noah os tocou de leve por cima do fino tecido da camisa.

O mundo parecia um sonho quando ela se afastou, a luz do fogo iluminando seu rosto. Sem falar nada, Allie começou a desabotoar a camisa dele. Noah a observou fazer isso, ouvindo-a respirar suavemente enquanto as mãos dela desciam. A cada botão, ele podia sentir os dedos dela roçarem sua pele, e Allie abriu um sorriso discreto quando enfim terminou.

Então Noah a sentiu deslizar suas mãos para dentro da camisa, tocando-o o mais suavemente possível, explorando seu corpo. Ele estava quente, e ela correu a mão por seu peito ligeiramente molhado, sentindo os pelos dele por entre os dedos. Curvando-se, Allie beijou seu pescoço delicadamente enquanto puxava a camisa dele pelos ombros, prendendo os braços de Noah nas costas. Então levantou a cabeça e permitiu que ele a beijasse enquanto girava os ombros, libertando-se das mangas.

Com isso, Noah estendeu a mão devagar, levantando a camisa que Allie vestia e correndo um dedo suavemente pela barriga dela antes de erguer seus braços e tirá-la. Allie ficou sem ar quando ele baixou a cabeça e beijou o espaço entre seus seios e levou a língua devagar até seu pescoço. Noah acariciava suavemente suas costas, seus braços, seus ombros, e ela sentia seus corpos quentes pressionados juntos, pele contra pele. Noah beijou seu pescoço e o mordiscou delicadamente quando ela levantou os quadris e permitiu que ele tirasse sua calça. Allie soltou o botão da calça jeans dele e o viu tirá-la também. Seus corpos nus pareciam se mover em câmera lenta quando enfim se juntaram, os dois trêmulos com a lembrança do que um dia já tinham vivido.

Ele passou a língua pelo pescoço dela enquanto suas mãos deslizavam até a pele macia e quente dos seios, descendo pela barriga, passando pelo umbigo e subindo de novo. Noah estava atordoado pela beleza dela. O cabelo sedoso de Allie brilhava, captando a luz. Sua pele era macia e bonita, e quase cintilava à luz do fogo. Noah sentiu as mãos dela em suas costas, chamando-o para perto.

Deitaram-se perto da lareira, e o calor fazia o ar parecer denso. As costas de Allie estavam um pouco arqueadas quando Noah rolou sobre ela em um movimento fluido. Ele ficou de quatro em cima dela, os joelhos próximos ao quadril de Allie. Ela levantou a cabeça, beijando o queixo e o pescoço de Noah, ofegante, lambendo os ombros dele e sentindo o suor no corpo de Noah. Passou as mãos pelo cabelo dele enquanto Noah se mantinha acima dela, os músculos dos braços tensos pelo esforço. Franzindo a testa de um jeito atraente, Allie o puxou mais para perto, mas ele resistiu. Em vez disso, Noah baixou o corpo, roçando seu peito contra o dela devagar, e Allie sentiu o corpo reagir com a expectativa. Noah fez isso lentamente, repetidas vezes, beijando cada parte do corpo de Allie e ouvindo-a soltar breves gemidos enquanto se movia sobre ela.

Noah fez isso até Allie não aguentar mais e, quando enfim se uniram, ela gritou e agarrou as costas dele com força. Então enterrou o rosto no pescoço de Noah e pôde senti-lo bem fundo dentro de si, sua força e gentileza, seus músculos e sua alma. Allie se movia ritmicamente com ele, permitindo que Noah a levasse aonde quisesse, ao lugar a que pertencia.

Allie abriu os olhos e o observou à luz do fogo, maravilhada com sua beleza enquanto Noah se movia acima dela. Viu que o corpo dele brilhava de suor e algumas gotas rolavam do peito para cima dela como a chuva lá fora. E a cada gota, a cada respiração, sentia que ela mesma, toda responsabilidade, cada faceta de sua vida, tudo ia se perdendo.

Seus corpos refletiam tudo dado, tudo tomado, e ela foi recompensada com uma sensação que nunca soube que existia. A sensação se prolongou, percorrendo seu corpo inteiro e aquecendo-a antes de, finalmente, se abrandar, e Allie se esforçou para recuperar o fôlego enquanto tremia embaixo dele. Mas, assim que aquilo tudo passou, a sensação começou a se formar de novo em longas sequências, uma logo após outra. Quando a chuva parou e o sol se pôs, seu corpo estava exausto, mas nem um pouco disposto a interromper o prazer que sentiam.

Passaram o dia nos braços um do outro, fazendo amor junto à lareira ou entrelaçados enquanto observavam as chamas se curvarem em torno da lenha. Às vezes, Noah recitava um de seus poemas favoritos com Allie deitada ao seu lado e ela ouvia de olhos fechados e quase sentia as palavras. Então, quando estavam prontos, uniam-se de novo e ele murmurava palavras de amor entre beijos, enquanto os dois se envolviam em um abraço.

Continuaram assim noite adentro, compensando os anos que haviam passado separados, e dormiram nos braços um do outro. De vez em quando Noah acordava e olhava para Allie, o corpo dela cansado e radiante, e sentia como se tudo de repente estivesse certo no mundo.

Uma hora, quando ele olhava para Allie momentos antes de amanhecer, os olhos dela se abriram e ela sorriu, estendendo a mão para tocar seu rosto. Ele levou o dedo aos lábios dela, suavemente, para não deixá-la falar, e por um longo tempo ficaram apenas se olhando.

Quando o nó em sua garganta se desfez, Noah sussurrou:

– Você é a resposta para cada oração que fiz. Você é uma canção, um sonho, um sussurro, e não sei como pude viver sem você esse tempo todo. Eu amo você, Allie, mais do que possa imaginar. Sempre amei e sempre vou amar.

– Ah, Noah – disse ela, puxando-o para junto de si.

Allie o queria, precisava dele agora mais do que nunca, mais do que qualquer outra coisa na vida.

Audiência

❦

Mais tarde naquela manhã, três homens – dois advogados e o juiz – estavam sentados num escritório enquanto Lon terminava de falar. Pouco depois o juiz respondeu:

– É um pedido incomum – disse ele, ponderando a situação. – Parece-me que o julgamento poderia terminar hoje mesmo. Você está me dizendo que essa questão urgente não pode esperar até hoje à noite ou amanhã?

– Não, Meritíssimo, não pode – respondeu Lon, quase rápido demais.

Mantenha-se calmo, disse a si mesmo. *Respire fundo.*

– E não tem nada a ver com o caso?

– Não, Meritíssimo. É um assunto pessoal. Sei que é incomum, mas preciso mesmo cuidar disso.

Ótimo, melhor agora.

O juiz se recostou na cadeira, avaliando-o por um instante.

– Sr. Bates, o que acha disso?

O homem limpou a garganta e falou:

– O Sr. Hammond me ligou esta manhã e já falei com meus clientes. Eles estão dispostos a adiar até segunda-feira.

– Entendo – disse o juiz. – E você acredita que seja interessante para seus clientes fazer isso?

– Creio que sim – disse o homem. – O Sr. Hammond concordou em reabrir a discussão sobre determinado assunto não coberto por este processo.

O juiz olhou sério para os dois e pensou a respeito.

– Eu não gosto disso – disse o juiz por fim. – Nem um pouco. Mas o Sr. Hammond nunca fez um pedido semelhante, então suponho que o assunto seja mesmo muito importante para ele.

Fez uma pausa para causar mais efeito, depois olhou para alguns papéis em sua mesa.

– Concordo em adiar até segunda. Às nove horas em ponto.

– Obrigado, Meritíssimo – agradeceu Lon.

Dois minutos depois, ele deixava o tribunal. Foi até o carro, que tinha estacionado do outro lado da rua, entrou e seguiu para New Bern, as mãos tremendo.

Visita inesperada

❦

Noah fez o café da manhã para Allie enquanto ela dormia na sala de estar. Bacon, pães e café, nada de espetacular. Colocou a bandeja ao lado de Allie quando ela acordou e, assim que terminaram de comer, fizeram amor outra vez. Foi marcante, uma poderosa confirmação do que tinham vivido no dia anterior. Allie arqueou as costas e soltou um grito feroz no último maremoto de sensações, então passou os braços ao redor dele enquanto respiravam em uníssono, exaustos.

Tomaram banho juntos e depois Allie colocou seu vestido, que tinha secado durante a noite. Ela passou a manhã toda com Noah. Juntos, deram comida a Clem e checaram as janelas para ver se não havia nenhum dano causado pela tempestade. Dois pinheiros tinham tombado, embora nenhum deles tivesse provocado muito estrago, e algumas telhas tinham se soltado no galpão, mas, fora isso, a propriedade escapara praticamente ilesa.

Noah segurou a mão dela a maior parte da manhã e a conversa entre os dois fluiu facilmente, mas às vezes ele parava de falar só para olhá-la. Nesses momentos, Allie sentia como se devesse dizer algo, mas nada significativo vinha à sua cabeça. Perdida em pensamentos, ela apenas o beijava.

Um pouco antes do meio-dia, Noah e Allie entraram para preparar o almoço. Os dois estavam morrendo de fome de novo porque não tinham comido muito no dia anterior. Usando o que ele tinha à mão, fritaram um frango e assaram mais alguns pãezinhos, e os dois comeram na varanda, ouvindo a serenata de um tordo.

Enquanto estavam do lado de dentro lavando a louça, ouviram uma batida à porta. Noah deixou Allie na cozinha.

Outra batida.

– Já vai – disse Noah.

Toc, toc. Mais alto.

Ele se aproximou da porta.

Toc, toc.

– Já vai – falou outra vez pouco antes de abrir a porta.

Ah, meu Deus.

Olhou fixamente para a linda mulher na casa dos 50 anos que estava à sua porta, uma mulher que reconheceria em qualquer lugar.

Noah não conseguia falar.

– Olá, Noah – disse a mulher por fim.

Ele não falou nada.

– Posso entrar? – perguntou ela, a voz firme, sem deixar transparecer nada.

Noah balbuciou uma resposta enquanto ela passava por ele, parando pouco antes da escada.

– Quem é? – gritou Allie da cozinha, e a mulher se virou ao som da voz dela.

– É a sua mãe – respondeu Noah por fim, e logo depois ouviu o som de um copo se quebrando.

❀

– Sabia que você estaria aqui – disse Anne Nelson para a filha quando os três se sentaram em torno da mesinha de centro na sala de estar.

– Como podia ter tanta certeza?

– Você é minha filha. Um dia, quando tiver filhos, saberá a resposta.

Ela sorriu, mas sua postura era rígida, e Noah imaginou como aquilo devia ser difícil para ela.

– Eu também vi o artigo e notei sua reação. Também reparei em como você andou tensa nas últimas semanas. Quando você disse que ia fazer compras perto da costa, eu sabia exatamente o que pretendia.

– E o papai?

Anne Nelson balançou a cabeça.

– Não, eu não contei ao seu pai nem a ninguém. Nem disse aonde eu vinha hoje.

O silêncio reinou na mesa por um instante enquanto se perguntavam o que viria a seguir, mas Anne permaneceu quieta.

– Por que a senhora veio? – perguntou Allie afinal.

Sua mãe ergueu a sobrancelha.

– Pensei que seria eu a fazer essa pergunta.

Allie ficou pálida.

– Eu vim porque precisava – disse a mãe dela. – E tenho certeza de que foi por isso também que você veio. Não é mesmo?

Allie assentiu.

Anne se virou para Noah.

– Esses últimos dias devem ter sido cheios de surpresas.

– Sim – respondeu Noah simplesmente, e Anne sorriu para ele.

– Sei que você acha que não, mas sempre gostei de você, Noah. Eu só não achava que você era a pessoa certa para a minha filha. Você entende?

Ele fez que não com a cabeça e respondeu em tom sério:

– Na verdade, não. Não foi justo comigo e não foi justo com Allie. Caso contrário, ela não estaria aqui.

Ela o observou enquanto ele respondia, mas não disse nada. Allie, pressentindo uma discussão, interrompeu:

– O que a senhora quis dizer quando falou que precisava vir? Não confia em mim?

Anne se virou de volta para a filha.

– Isso não tem nada a ver com confiança. Tem a ver com Lon. Ele ligou ontem à noite lá para casa para falar comigo sobre Noah, e está vindo para cá agora. Ele parecia bastante transtornado. Achei que você gostaria de saber.

Allie inspirou bruscamente.

– Ele está vindo para cá?

– Neste exato momento. Conseguiu adiar o julgamento até semana que vem. Se ainda não está em New Bern, está perto.

– O que disse a ele?

– Não muito. Mas ele já sabia. Já tinha deduzido. Lon se lembrou de quando falei sobre Noah há muito tempo.

Allie engoliu em seco.

– A senhora contou que eu estava aqui?

– Não. E nem contarei. Isso é entre você e ele. Mas, conhecendo Lon, tenho certeza de que ele vai encontrá-la aqui se você ficar. Bastam alguns telefonemas para as pessoas certas. Afinal, eu mesma consegui encontrá-la.

Allie, embora obviamente preocupada, sorriu para a mãe.

– Obrigada – disse, e a mãe estendeu a mão para ela.

– Sei que tivemos nossas diferenças, Allie, e que não concordamos em tudo. Eu não sou perfeita, mas fiz o melhor que pude para criá-la. Sou sua mãe e sempre serei. Isso significa que sempre vou amar você.

Allie ficou em silêncio por um instante, então disse:

– O que devo fazer?

– Não sei, Allie. Isso é com você. Mas eu pensaria bastante. Pense no que realmente quer.

Allie virou para o outro lado, os olhos ficando vermelhos. Um instante depois, uma lágrima rolou pelo seu rosto.

– Eu não sei...

Allie parou de falar e a mãe apertou sua mão. Anne olhou para Noah, que estava sentado com a cabeça abaixada, escutando atentamente. Como se percebesse, ele retribuiu o olhar, assentiu com a cabeça e deixou a sala.

Quando ele saiu, Anne sussurrou:

– Você o ama?

– Sim, amo – respondeu Allie com ternura. – Muito mesmo.

– Você ama o Lon?

– Sim, amo. Eu o amo também. Muito, mas de um jeito diferente. Ele não me faz sentir o mesmo que Noah.

– Ninguém jamais fará isso – disse a mãe e soltou a mão de Allie. – Não posso tomar essa decisão por você, Allie, ela é só sua. Mas quero que saiba que eu a amo. E sempre vou amar. Sei que não ajuda, mas é tudo o que eu posso fazer.

Então enfiou a mão na bolsa e tirou um maço de cartas presas por uma corda fina, os envelopes velhos e um pouco amarelados.

– Estas são as cartas que Noah escreveu para você. Nunca as joguei fora e não foram abertas. Sei que não deveria tê-las escondido de você. Sinto muito por isso. Mas estava só tentando protegê-la. Eu não percebi...

Allie as pegou e passou a mão por elas, chocada.

– É melhor eu ir embora, Allie. Você precisa decidir o que fazer e não tem muito tempo. Quer que eu fique na cidade?

Allie balançou a cabeça.

– Não, isso é só comigo.

Anne concordou com um aceno e observou a filha por um instante, pensativa. Por fim, levantou-se, contornou a mesa, inclinou-se e beijou o rosto de Allie. Podia ver a dúvida nos olhos da filha quando Allie se levantou e a abraçou.

– O que você vai fazer? – perguntou a mãe, afastando-se.

E, após uma longa pausa, Allie por fim respondeu:

– Eu não sei.

Elas ficaram juntas de pé por mais um minuto, apenas se abraçando.

– Obrigada por ter vindo – disse Allie. – Eu amo você.

– Também amo você.

Enquanto a mãe saía, Allie pensou ouvi-la sussurrar "Siga o seu coração", mas não pôde ter certeza.

Encruzilhadas

Noah abriu a porta para Anne Nelson quando ela saiu.
– Adeus, Noah – falou ela calmamente.
Ele assentiu sem falar nada. Não havia mais o que dizer; ambos sabiam disso. Ela se virou e saiu, fechando a porta. Noah a viu andar até o carro, entrar e partir sem olhar para trás. Era uma mulher forte, pensou, e ele sabia de quem Allie herdara seu jeito decidido.

Noah deu uma olhada na sala de estar e viu Allie sentada com a cabeça baixa, então foi para a varanda dos fundos, sabendo que ela precisava ficar sozinha. Sentou-se silencioso em sua cadeira de balanço e ficou vendo a água correr enquanto os minutos passavam.

Depois do que pareceu uma eternidade, Noah ouviu a porta de trás se abrir. Ele não se virou para fitar Allie – por alguma razão, não conseguia – e ouviu quando ela se sentou na cadeira ao lado.

– Sinto muito – disse Allie. – Eu não tinha ideia de que isso iria acontecer.

Noah balançou a cabeça.

– Não se desculpe. Nós dois sabíamos que esta hora iria chegar de um jeito ou de outro.

– Ainda assim, é difícil.

– Eu sei.

Noah finalmente virou para Allie, pegando sua mão.

– Posso fazer alguma coisa para tornar tudo isso mais fácil?

– Não. Na verdade, não. Tenho que fazer isso sozinha. Além disso, ainda não sei bem o que vou dizer a ele.

Ela olhou para baixo e sua voz ficou mais suave e um pouco mais distante, como se estivesse falando consigo mesma:

– Acho que depende de Lon e de quanto ele sabe. Se minha mãe estiver certa, Lon pode desconfiar, mas não tem certeza de nada.

Noah sentiu um aperto no estômago. Quando enfim falou, sua voz soou firme, mas ela podia ouvir a dor ali:

– Não vai contar a ele sobre nós, é isso?

– Eu não sei. Não sei mesmo. Enquanto estava na sala de estar, não parava de me perguntar o que eu realmente queria da minha vida.

Ela apertou sua mão.

– E você sabe qual foi a resposta? A resposta foi que eu queria duas coisas. Primeiro, eu quero você. Quero nós dois. Eu o amo e sempre amei.

Allie respirou fundo antes de continuar:

– Mas também quero um final feliz sem magoar ninguém. E sei que, se eu ficasse, feriria muitas pessoas. Principalmente Lon. Eu não estava mentindo quando lhe disse que o amo. Ele não me faz sentir do mesmo jeito que você, mas eu me importo com Lon, e isso não seria justo com ele. Mas ficar aqui também magoaria minha família e meus amigos. Eu estaria traindo todos que conheço... Não sei se posso fazer isso.

– Você não pode viver para os outros. Tem que fazer o que é certo para você mesma, ainda que isso magoe algumas das pessoas que ama.

– Eu sei – disse ela –, mas, seja o que for que eu escolha, terei que viver com essa decisão. Para sempre. Tenho que ser capaz de seguir em frente sem olhar mais para trás. Você consegue entender isso?

Noah balançou a cabeça e tentou manter a voz firme:

– Na verdade, não. Não se isso significa perder você. Não posso passar por isso de novo.

Ela não disse nada, mas baixou a cabeça.

– Você poderia realmente me deixar sem olhar para trás? – perguntou Noah.

Allie mordeu o lábio quando respondeu. Sua voz começava a falhar.

– Eu não sei. Provavelmente não.

– E isso seria justo com Lon?

Allie não respondeu de imediato. Em vez disso, limpou o rosto e caminhou até a borda da varanda, onde se apoiou na coluna. Então cruzou os braços e observou a água antes de responder calmamente:

– Não.

– Não precisa ser assim, Allie – disse Noah. – Somos adultos agora, temos o poder de escolha que não tínhamos antes. Nosso destino é ficarmos juntos. Sempre foi.

Ele caminhou até ela e colocou a mão em seu ombro.

– Não quero passar o resto da minha vida pensando em você e sonhando com o que poderia ter acontecido. Fique comigo, Allie.

Os olhos dela começaram a ficar marejados.

– Não sei se posso – sussurrou Allie por fim.

– Você pode. Allie... Não posso ser feliz sabendo que você está com outra pessoa. Isso mataria uma parte de mim. O que temos é raro. É muito bonito para simplesmente jogar fora.

Ela não respondeu. Depois de um instante, Noah gentilmente a virou para ele, pegou suas mãos e olhou para Allie, querendo que ela o encarasse. Quando ela enfim o fez, foi com os olhos úmidos. Após um longo silêncio, Noah limpou as lágrimas do rosto dela com um olhar de ternura no rosto. A voz dele ficou embargada quando notou o que o olhar dela lhe dizia:

– Você não vai ficar, não é?

Abriu um leve sorriso.

– Você quer, mas não pode.

– Ah, Noah... – começou ela enquanto as lágrimas rolavam de novo – Por favor, tente entender...

Noah balançou a cabeça para detê-la.

– Eu sei o que está tentando dizer... posso ver nos seus olhos. Mas não quero entender, Allie. Eu não quero que termine assim. Não quero que termine de forma nenhuma. Mas, se você partir, nós dois sabemos que nunca nos veremos outra vez.

Allie encostou o rosto nele e começou a chorar ainda mais forte enquanto Noah lutava para conter as próprias lágrimas.

Ele a envolveu em seus braços.

– Allie, não posso forçá-la a ficar comigo. Mas, independentemente do que aconteça na minha vida, nunca esquecerei esses dois últimos dias com você. Venho sonhando com isso há anos.

Noah a beijou suavemente e os dois se abraçaram como quando ela saíra do carro dois dias antes. Por fim, Allie o soltou e enxugou as lágrimas.

– Preciso pegar minhas coisas, Noah.

Ele não a acompanhou. Em vez disso, ficou sentado na cadeira de balanço, cansado. Noah a viu entrar em casa e ouviu o som de seus movimentos ir diminuindo aos poucos. Allie saiu da casa minutos depois, com tudo o que levara, e andou até ele com a cabeça abaixada. Então lhe estendeu o desenho que fizera na manhã anterior. Ao estender a mão para pegá-lo, Noah notou que ela não tinha parado de chorar.

– Pegue, Noah. Fiz isto para você.

Noah pegou o desenho e desenrolou-o devagar, com cuidado para não rasgar.

A cena tinha duas imagens. A do primeiro plano, que ocupava a maior parte da página, era um retrato de como ele parecia agora, não catorze anos antes. Noah percebeu que ela desenhara a lápis cada detalhe de seu rosto, incluindo a cicatriz. Era quase como se Allie tivesse copiado de uma fotografia recente.

A segunda imagem era sua casa, vista de frente. O nível de detalhes dessa também era incrível, como se Allie tivesse esboçado o desenho sentada debaixo do carvalho.

– É lindo, Allie. Obrigado.

Noah tentou abrir um sorriso.

– Eu lhe disse que você é uma artista.

Ela assentiu com a cabeça, o rosto virado para baixo, os lábios contraídos. Era hora de ir embora.

Os dois caminharam até o carro de Allie devagar, sem falar nada. Ao chegarem lá, Noah a abraçou outra vez até sentir as lágrimas brotarem em seus olhos. Ele beijou os lábios dela e os dois lados do rosto, então passou o dedo com delicadeza pelos lugares que tinha beijado.

– Eu amo você, Allie.

– Eu também amo você.

Noah abriu a porta do carro dela e os dois se beijaram mais uma vez. Então ela entrou, sem tirar os olhos dele. Colocou o maço de cartas e a bolsa ao seu lado e procurou a chave, que virou na ignição. O carro ligou com facilidade e o motor começou a roncar impacientemente. Estava quase na hora.

Noah fechou a porta e Allie abaixou a janela. Ela podia ver os músculos em seus braços, o sorriso fácil, o rosto bronzeado. Allie estendeu a mão e Noah a pegou apenas por um instante, movendo os dedos suavemente por sua pele.

– Fique comigo – murmurou Noah sem emitir nenhum som

Por alguma razão, isso doeu mais do que Allie podia esperar. As lágrimas começaram a cair com força, mas ela não podia falar. Por fim, com relutância, desviou os olhos e puxou a mão de volta. Passou a marcha e levantou um pouco o pé do pedal. Se não partisse naquele instante, nunca mais iria. Noah se afastou um pouco quando o carro se movimentou.

Então entrou em um estado quase de transe ao perceber a realidade da situação. Ficou vendo o veículo se afastar lentamente, ouviu o cascalho ser esmagado pelas rodas. E o carro seguia aos poucos para longe dele, em direção à estrada que a levaria de volta à cidade. Partindo – ela estava partindo!. Noah ficou zonzo ao ver isso.

Avançando... deixando-o para trás...

Allie acenou uma última vez sem sorrir e acelerou o carro. Ele deu um aceno fraco de volta. "Não vá!", quis gritar enquanto o carro se movia cada vez mais para longe. Mas não disse nada e, um minuto mais tarde, o carro já tinha desaparecido e os únicos vestígios de Allie eram as marcas que os pneus deixaram no chão.

Ficou ali parado sem se mexer por um longo tempo. Ela aparecera e fora embora num piscar de olhos. Dessa vez, para sempre. Para sempre.

Noah fechou os olhos, então, e a viu partir outra vez, o carro se afastando aos poucos, levando seu coração com ela.

Mas, assim como a mãe, percebeu ele tristemente, Allie não olhara para trás.

Uma carta do passado

❦

Dirigir com lágrimas nos olhos era difícil, mas ela seguiu em frente de qualquer forma, na esperança de que o instinto a levasse de volta à pousada. Manteve a janela abaixada, imaginando que o ar fresco poderia ajudá-la a clarear a mente, mas ele não pareceu ajudar. Nada ajudaria.

Estava cansada e se perguntava se teria a energia necessária para conversar com Lon. E o que iria dizer? Ainda não tinha ideia, mas torcia para que algo lhe ocorresse quando chegasse a hora.

Tinha de lhe ocorrer.

Quando chegou à ponte levadiça que levava à Front Street, já se sentia um pouco mais controlada. Não completamente, mas bem o bastante para falar com Lon, pensou. Pelo menos era o que esperava.

O tráfego estava tranquilo e, enquanto dirigia por New Bern, Allie ficou observando os desconhecidos cuidando de seus assuntos. Em um posto de gasolina, um mecânico olhava sob o capô de um automóvel novo com um homem, provavelmente o dono, ao lado. Duas mulheres empurravam carrinhos de bebê pela calçada, conversando enquanto olhavam as vitrines. Em frente à joalheria Hearns, um homem bem-vestido andava rápido, carregando uma pasta.

Fez outra curva e viu um jovem descarregando mantimentos de um caminhão que bloqueava parte da rua. Algo com relação à postura dele ou à forma como se movimentava fez Allie se lembrar de Noah pegando caranguejos na ponta do cais.

Viu a pousada mais adiante na rua enquanto estava parada em um sinal vermelho. Respirou fundo quando a luz ficou verde e dirigiu devagar até chegar ao estacionamento que a pousada dividia com alguns outros estabelecimentos. Entrou e viu o carro de Lon parado logo na primeira vaga. Embora o espaço ao lado estivesse vago, Allie passou direto e escolheu um lugar um pouco mais distante da entrada.

Virou a chave e o motor parou prontamente. Então abriu o porta-luvas e pegou um espelho e uma escova, que estavam em cima de um mapa da Carolina do Norte. Deu uma olhada em seu rosto e viu que os olhos ainda estavam vermelhos e inchados. Como no dia anterior depois da chuva, enquanto examinava seu reflexo, lamentou não ter nenhuma maquiagem ali, embora duvidasse que fosse ajudar muito. Tentou prender o cabelo para trás de um lado, tentou dos dois lados, por fim desistiu.

Pegou sua bolsa, abriu-a e, mais uma vez, olhou para o artigo que a levara até ali. Tanta coisa tinha acontecido desde que o lera; era difícil acreditar que só tinham se passado três semanas. Parecia impossível ela ter chegado a New Bern fazia só alguns dias. Parecia uma vida inteira desde seu jantar com Noah.

Estorninhos gorjeavam nas árvores ao seu redor. As nuvens haviam começado a se dissipar e Allie podia ver o azul entre as massas brancas. O sol ainda estava escondido, mas ela sabia que era apenas uma questão de tempo. Seria um lindo dia.

Era o tipo de dia que ela teria gostado de passar com Noah, e, ao pensar nele, lembrou-se das cartas que a mãe lhe entregara e pegou-as.

Desatou o pacote e viu a primeira carta que ele lhe escrevera. Começou a abrir o envelope, depois parou, porque podia imaginar o que havia ali. Alguma coisa simples, sem dúvida – coisas que ele fizera, lembranças do verão, talvez algumas perguntas. Afinal, Noah provavelmente esperava uma resposta dela. Em vez disso, pegou a última carta que ele escreveu, a do fundo da pilha. A carta de despedida. Essa lhe interessava muito mais do que as outras. Como ele se despedira? Como ela teria feito isso?

O envelope era fino. Uma, talvez duas páginas. O que quer que ele tivesse escrito não era muito longo. Primeiro, virou o envelope e checou o verso. Sem nome, apenas um endereço em Nova Jersey. Prendeu a respiração enquanto usava a unha para abri-lo.

Desdobrando a carta, viu que era de março de 1935.

Dois anos e meio sem uma resposta.

Imaginou-o sentado em uma antiga escrivaninha, pensando na carta, de alguma forma sabendo que aquele era o fim, e viu o que pensou serem marcas de lágrimas no papel. Provavelmente era só a sua imaginação.

Allie endireitou a página e começou a ler sob a luz suave que vinha pela janela.

Minha querida Allie,

Não sei mais o que dizer, exceto que não consegui dormir ontem à noite, porque percebi que estava tudo acabado entre nós. É um sentimento diferente para mim, um que eu nunca esperava saber como é, mas, parando para pensar, imagino que não poderia ter terminado de outro jeito.

Você e eu éramos diferentes. Viemos de mundos diferentes, e, ainda assim, foi você que me ensinou o valor do amor. Você me mostrou como era se importar com alguém, e sou um homem melhor por causa disso. Não quero que se esqueça disso nunca.

Não fiquei amargo pelo que aconteceu. Pelo contrário. Sinto-me tranquilo por saber que o que tivemos foi real e feliz por termos ficado juntos, ainda que tenha sido por um curto período.

E se, em algum lugar distante do futuro, voltarmos a nos ver em nossas novas vidas, irei sorrir para você com alegria e me lembrarei do verão que passamos sob as árvores, aprendendo um com o outro e nos amando cada vez mais. E talvez, por um breve instante, você possa sentir isso também e vá sorrir de volta e saborear as lembranças que sempre compartilharemos.

Eu amo você, Allie.

Noah

Leu a carta de novo, mais devagar, então leu uma terceira vez antes de colocá-la de volta no envelope. Imaginou-o novamente escrevendo a carta e, por um instante, pensou em lê-la de novo, mas sabia que não podia mais adiar aquilo. Lon estava à sua espera.

Suas pernas estavam bambas quando saiu do carro. Allie parou, respirou fundo e, quando começou a atravessar o estacionamento, percebeu que ainda não sabia bem o que iria dizer.

E a resposta não lhe surgiu antes que ela chegasse à porta, a abrisse e visse Lon de pé no saguão.

Inverno para dois

❦

A história termina ali, então fecho o diário, tiro os óculos e limpo os olhos, que estão cansados e injetados, mas ainda não me falharam até agora. Isso acontecerá em breve, tenho certeza. Nem eles nem eu poderemos resistir para sempre. Olho para ela agora que terminei, mas ela nem por um momento focaliza o olhar em mim. Em vez disso, observa pela janela para o pátio, onde amigos e famílias das pessoas daqui se reúnem.

Meus olhos seguem os dela e nós dois observamos juntos. Em todos esses anos, o padrão diário não mudou. Todas as manhãs, uma hora depois do café, eles começam a chegar. Jovens, sozinhos ou com a família, vêm visitar aqueles que moram aqui. Trazem fotos e presentes e sentam-se nos bancos ou passeiam ao longo dos caminhos arborizados, projetados para dar uma sensação de natureza. Alguns passam o dia aqui, mas a maioria vai embora depois de algumas horas e, quando isso acontece, sempre fico triste por aqueles que deixaram para trás.

Às vezes me pergunto o que meus amigos pensam ao verem seus entes queridos irem embora, mas sei que não é da minha conta. E nunca lhes pergunto, porque aprendi que todos nós temos direito a nossos segredos.

Mas, em breve, vou contar a vocês alguns dos meus.

❦

Coloco o diário e a lupa na mesa ao meu lado, sentindo meus ossos doerem, e percebo mais uma vez como meu corpo está frio. Mesmo ler sob o sol da manhã não ajuda em nada. Mas isso já não me surpreende, pois meu corpo dita as próprias regras hoje em dia.

No entanto, não sou completamente infeliz. As pessoas que trabalham aqui me conhecem, sabem das minhas fraquezas e fazem o melhor para que eu fique mais confortável. Deixaram chá quente para mim na mesinha lateral e estendo as mãos para pegar o bule. É um esforço servir uma xícara, mas faço isso porque o chá é bom para me aquecer e acredito que o esforço vai me impedir de enferrujar por completo. Porém estou enferrujado, disso não há dúvida. Enferrujado como um carro deixado a céu aberto há vinte anos.

Eu li para ela esta manhã, como faço todas as manhãs, porque é algo que tenho que fazer. Não por obrigação – embora possa haver razões para isso –, mas por um motivo mais romântico. Eu gostaria de poder explicar melhor agora, porém ainda é cedo, e tratar de romance antes do almoço já não é possível, pelo menos não para mim. Além disso, não tenho ideia do que vai acontecer e, para ser sincero, prefiro não me encher de esperança.

Passamos todos os dias juntos agora, mas as noites, sozinhos. Os médicos me dizem que não posso mais vê-la depois que anoitece. Entendo perfeitamente os motivos e, embora concorde com eles, às vezes quebro as regras. Tarde da noite, quando estou bem, saio furtivamente do meu quarto e vou ao dela vê-la dormir.

Ela não sabe disso. Eu entro e a vejo respirar, e sei que, se não fosse por ela, eu nunca teria me casado. E quando olho para o rosto dela, um rosto que conheço melhor do que o meu, sei que sempre tive a mesma importância ou até mais para ela. E isso significa mais para mim do que posso explicar.

Às vezes, quando estou lá de pé, penso na sorte que tenho de estar casado com ela há quase 49 anos. No próximo mês, completaremos esse tempo juntos. Ela me ouviu roncar pelos primeiros 45, mas, desde então, dormimos em quartos separados. Não durmo bem sem ela. Fico me virando de um lado para outro, anseio pelo calor do corpo dela e fico lá deitado a maior parte da noite, os olhos abertos, vendo as sombras dançarem no teto como plantas rolando pelo deserto. Durmo duas horas, se tiver sorte, e acordo antes do amanhecer. Isso não faz sentido para mim.

Logo tudo isso acabará. Eu sei. Ela, não. As anotações em meu diário ficaram mais curtas e levo pouco tempo para escrever. São bem simples agora, já que a maioria dos meus dias são iguais. Mas esta noite acho que vou anotar um poema que uma das enfermeiras encontrou e pensou que eu fosse gostar. É assim:

Eu nunca fora arrebatado antes
por um amor tão súbito e doce,
seu rosto resplandecia como uma bela flor
e roubou meu coração por completo.

Como nossas noites são sem compromissos, me pediram para visitar os outros. Normalmente eu vou, porque gosto de ler e as pessoas sentem falta dessas visitas, ou pelo menos foi o que me disseram. Ando pelos corredores e escolho para onde ir, porque sou muito velho para seguir cronogramas, mas, no fundo, sempre sei quem precisa de mim. Eles são meus amigos e, quando abro suas portas, vejo quartos parecidos com o meu, sempre na penumbra, iluminados apenas pelas luzes da tevê. Os móveis são iguais para todos e os televisores berram, porque ninguém mais ouve muito bem.

Homens ou mulheres sorriem para mim quando entro e falam aos sussurros enquanto desligam os aparelhos. "Estou tão feliz por você ter vindo", dizem eles, e então perguntam sobre minha esposa. Às vezes eu falo. Posso lhes falar sobre a doçura e o charme dela e explicar como ela me ensinou a enxergar o mundo como o lugar bonito que é. Ou lhes conto sobre nossos primeiros anos juntos e como tínhamos tudo de que precisávamos quando ficávamos abraçados sob o céu estrelado do Sul. Em ocasiões especiais, falo baixinho sobre nossas aventuras juntos, sobre as mostras de arte em Nova York e Paris ou os elogios entusiasmados dos críticos em línguas que não entendo.

Mas, na maioria das vezes, sorrio e lhes digo que ela está na mesma, e eles desviam o olhar, porque sei que não querem que eu veja seus rostos. Isso os faz pensar na própria mortalidade. Então me sento com eles e leio para diminuir seus medos.

> *Fique tranquila – esteja à vontade comigo...*
> *Enquanto o sol não rejeitar, eu não rejeitarei você,*
> *Enquanto as águas não se recusarem a brilhar para você e*
> *   as folhas a sussurrar para você, as minhas palavras*
> *   não se recusarão a brilhar e sussurrar para você.*

E leio para que saibam quem eu sou.

> *Vagueio a noite toda na minha visão...*
> *Inclino-me de olhos abertos sobre os olhos fechados dos que*
> *   dormem,*
> *Vagueando e confuso, perdido para mim mesmo,*
> *   mal-ajambrado, contraditório,*
> *Hesitando, olhando, inclinando-me e parando.*

Se pudesse, minha esposa me acompanharia em minhas excursões noturnas, pois uma de suas muitas paixões era a poesia. Dylan Thomas, Walt Whitman, T. S. Eliot, Shakespeare e o rei Davi, dos Salmos. Amantes das palavras, criadores de pensamentos. Quando paro para pensar, fico surpreso com minha paixão pela poesia e, às vezes, até me arrependo. A poesia traz uma grande beleza para a vida, mas também uma grande melancolia, e não tenho certeza se é uma troca justa para alguém da minha idade. As pessoas deveriam aproveitar outras coisas se pudessem, passar seus últimos dias ao sol. Os meus serão passados sob a luz de uma luminária de leitura.

❦

Vou arrastando os pés até ela e procuro a cadeira ao lado de sua cama. Minhas costas doem quando me sento. Preciso arrumar uma almofada nova para aquela cadeira, tento me lembrar pela centésima vez. Pego a mão dela, frágil e muito magra. É uma sensação boa. Ela responde com um espasmo e, aos poucos, seu polegar começa a esfregar de leve meu dedo. Não falo até ela dizer alguma coisa; isso eu aprendi. Na maioria dos dias fico em silêncio até o sol se pôr e, em dias como esses, não sei nada sobre ela.

Minutos se passam até ela finalmente se virar para mim. Está chorando. Eu sorrio e solto sua mão, então enfio a mão no bolso. Pego um lenço e seco suas lágrimas. Ela olha para mim e me pergunto o que está pensando.

– Foi uma bela história.

Uma chuva fraca começa a cair. Pequenas gotas batem suavemente contra a janela. Pego a mão dela de novo. Vai ser um bom dia, um dia muito bom mesmo. Um dia mágico. Eu sorrio, não consigo evitar.

– Sim, é – digo a ela.

– Foi você que escreveu? – pergunta ela.

Sua voz é como um sussurro, um vento suave através das folhas.

– Sim – respondo.

Ela vira para a mesinha de cabeceira. Seus remédios estão ali em um pequeno copo. Os meus também. Pequenos comprimidos, coloridos como um arco-íris para não nos esquecermos de tomá-los. Levam os meus para lá agora, para o quarto dela, mesmo que não devessem.

– Já ouvi essa história antes, não é?

– Sim – digo outra vez, assim como sempre faço em dias como aquele. Aprendi a ser paciente.

Ela observa meu rosto. Seus olhos são tão verdes quanto as ondas do mar.

– Me faz sentir menos medo – diz ela.

– Eu sei – respondo, balançando levemente a cabeça.

Ela vira para o outro lado e eu espero um pouco mais. Então solta a minha mão e pega seu copo d'água. Está em sua mesinha de cabeceira, ao lado dos remédios. Ela toma um gole.

– É uma história verídica?

Ela se senta mais aprumada na cama e toma outro gole. Seu corpo ainda é forte.

– Quero dizer, você conheceu essas pessoas?

– Sim – respondo de novo.

Eu poderia dizer mais, porém não costumo fazer isso. Ela ainda é linda. E pergunta o óbvio:

– Bem, com qual ela se casou no final?

– Com aquele que era certo para ela – respondo.

– Qual deles era?

Eu sorrio.

– Você vai saber até o fim do dia – digo calmamente. – Você vai saber.

Ela não insiste. Em vez disso, começa a se inquietar. Está pensando em uma maneira de me fazer outra pergunta, embora não saiba bem como. Então opta por adiar aquilo por um instante e pega um dos pequenos copos de papel.

– São meus?

– Não, mas estes são – digo, entregando o copo de remédios certo para ela, porque não posso pegá-los com meus dedos.

Ela olha os comprimidos. Pela maneira como os observa, posso ver que não sabe para que servem. Preciso pegar meu copo com as duas mãos e então atiro os comprimidos na boca. Ela faz o mesmo. E não luta hoje. Isso facilita as coisas.

Ergo o copo fingindo um brinde e tiro a sensação arenosa da boca com meu chá. Está esfriando. Ela engole os comprimidos em um voto de confiança e toma mais água.

Um pássaro começa a cantar do lado de fora e viramos nossas

cabeças. Ficamos em silêncio por um tempo, desfrutando de algo bonito juntos. Então o momento se perde e ela suspira.

– Tenho que lhe perguntar outra coisa.

– Seja o que for, vou tentar responder.

– Mas é difícil.

Ela não olha para mim e não posso ver seus olhos. É assim que ela esconde seus pensamentos. Algumas coisas nunca mudam.

– Leve o tempo que precisar – digo.

Sei o que ela vai perguntar.

Finalmente ela se vira para mim e olha nos meus olhos. Abre um sorriso gentil, do tipo que se compartilha com uma criança, não um amante.

– Não quero ferir seus sentimentos porque você tem sido tão bom para mim, mas...

Eu espero. Suas palavras vão me machucar. Vão arrancar um pedaço do meu coração e deixar uma cicatriz.

– Quem é você?

Estamos morando na Clínica de Repouso de Creekside há três anos. Foi decisão dela virmos para cá, em parte porque era perto da nossa casa, mas também porque ela avaliou que seria mais fácil para mim. Fechamos nossa casa com tábuas, porque nenhum de nós poderia suportar vendê-la, assinamos alguns papéis e, simples assim, recebemos um lugar para morar até a morte em troca de uma parte da liberdade pela qual batalhamos uma vida inteira.

Ela estava certa em fazer isso, é claro. Eu não teria como seguir adiante sozinho, pois a doença chegou para nós dois. Estamos nos minutos finais do dia das nossas vidas e o relógio está andando. Posso ouvir seu barulho. Bem alto. E me pergunto se sou o único que consegue escutá-lo.

Uma dor latejante percorre meus dedos, e isso me faz lembrar que não ficamos de mãos dadas com os dedos entrelaçados desde que nos mudamos para cá. Fico triste com isso, mas é minha culpa, não dela. Tenho a pior forma de artrite, reumatoide, e avançada. Minhas mãos estão deformadas e grotescas agora e latejam durante a maior parte do tempo que passo acordado. Olho para elas e quero que sumam, mas, assim, eu não poderia fazer as pequenas coisas que preciso. Então uso minhas garras, como as chamo às vezes, e todos os dias pego as mãos dela, apesar da dor, e faço o máximo para segurá-las, porque é isso que ela quer.

Embora a Bíblia diga que o homem pode viver até os 120 anos, eu não quero, e acho que meu corpo não conseguiria, mesmo se eu quisesse. Está caindo aos pedaços, morrendo uma parte de cada vez, uma erosão constante por dentro e nas articulações. Minhas mãos são inúteis, meus rins estão começando a falhar e minha frequência cardíaca diminui a cada mês. Pior, estou com câncer de novo, dessa vez na próstata.

É a terceira luta que travo com o inimigo invisível, e vou acabar perdendo, embora não até que eu diga que está na hora. Os médicos estão preocupados comigo, mas eu, não. Não tenho tempo para me preocupar neste crepúsculo da minha vida.

Dos nossos cinco filhos, quatro ainda estão vivos, e, embora seja difícil para eles nos visitarem, costumam vir muitas vezes, e sou grato por isso. Mas, mesmo quando não estão aqui, cada um deles ganha vida na minha mente todos os dias e traz à memória os sorrisos e as lágrimas de se criar uma família. Uma dúzia de fotos cobrem as paredes do meu quarto. Eles são minha herança, minha contribuição para o mundo. E me sinto muito orgulhoso.

Às vezes me pergunto se minha esposa pensa neles enquanto sonha, ou se pensa neles em qualquer momento, ou até mesmo se sonha. Já não sei mais tanta coisa sobre ela.

Eu imagino o que meu pai acharia da minha vida e o que faria se estivesse em meu lugar. Não o vejo há cinquenta anos e ele agora é apenas uma sombra em meus pensamentos. Já não consigo mais visualizá-lo com clareza; seu rosto parece escuro como se uma luz brilhasse por trás dele. Não tenho certeza se isso se deve a uma memória falha ou simplesmente à passagem do tempo. Só tenho uma foto do meu pai, e ela também está desbotada. Dentro de mais dez anos, já não existirá – assim como eu – e a lembrança dele será apagada como uma mensagem na areia.

Se não fosse pelos meus diários, eu juraria que só tinha vivido metade do tempo que de fato vivi. Longos períodos da minha vida parecem ter se desvanecido. E, mesmo agora, leio as passagens e me pergunto quem eu era quando as escrevi, pois já não me lembro de alguns acontecimentos da minha vida. Há momentos em que sento e me pergunto para onde isso tudo foi.

❦

– Meu nome – digo – é Duke. – Sempre fui fã de John Wayne.
– Duke – sussurra ela para si mesma – Duke.
Ela pensa por um instante, a testa franzida, o olhar sério.
– Sim – digo –, estou aqui por você.
E sempre estarei, penso comigo mesmo.
Ela enrubesce com a minha resposta. Seus olhos ficam úmidos e vermelhos e as lágrimas começam a cair. Meu coração dói e desejo pela milésima vez que houvesse algo que eu pudesse fazer. Ela diz:
– Eu sinto muito. Não entendo nada do que está acontecendo comigo agora. Nem mesmo você. Quando ouço você falar, sinto que deveria conhecê-lo, mas não me lembro. Não sei nem o meu nome.
Enxuga as lágrimas.
– Ajude-me, Duke, ajude-me a lembrar quem sou. Ou, pelo menos, quem eu era. Eu me sinto tão perdida.
Respondo do fundo do meu coração, mas minto sobre seu nome. Assim como fiz com relação ao meu. Há uma razão para isso.

– Você é Hannah, uma amante da vida, uma força para aqueles que compartilhavam da sua amizade. Você é um sonho, alguém que gera felicidade, uma artista que tocou mil almas. Você levou uma vida plena e nunca sentiu falta de nada, porque suas necessidades são espirituais e só precisa olhar para dentro de si para supri-las. Você é gentil e leal, e é capaz de enxergar a beleza onde outros não conseguem. Você é uma professora de lições maravilhosas, uma sonhadora de coisas melhores.

Paro por um momento para recuperar o fôlego. Então continuo:

– Hannah, não há razão para se sentir perdida, porque:

Nada está perdido, ou pode ser perdido,
Nem nascimento, identidade, forma – nenhum objeto do mundo,
Nem a vida, a força, nem qualquer coisa visível...
O corpo, indolente, velho, friorento – as cinzas deixadas pelas chamas passadas,
... arderão de novo.

Ela pensa no que eu disse por um instante. Em meio ao silêncio, olho para a janela e vejo que a chuva já parou. A luz do sol começa a entrar em seu quarto.

– Você escreveu isso? – pergunta ela.
– Não, foi Walt Whitman.
– Quem?
– Um amante das palavras, um criador de pensamentos.

Ela não reage de imediato. Em vez disso, olha para mim por um longo tempo, até nossas respirações coincidirem. Inspira. Expira. Inspira. Expira. Inspira. Expira. Respiramos fundo. Eu me pergunto se ela sabe que a acho linda.

– Você ficaria comigo por um tempo? – ela enfim pergunta.

Eu sorrio e faço que sim. Ela sorri em resposta. Então pega a minha mão e a leva gentilmente até junto do corpo. Encara os nós endurecidos que deformam meus dedos e os acaricia de maneira delicada. Suas mãos ainda são como as de um anjo.

– Venha – digo enquanto me levanto com grande esforço. – Vamos dar uma volta. O ar está fresco e os filhotes de ganso estão à espera. Está uma beleza hoje.

Eu a fito ao dizer essas últimas palavras.

Ela fica vermelha. Isso faz com que eu me sinta jovem outra vez.

❧

Ela era famosa, é claro. Uma das melhores pintoras do Sul no século XX, alguns diziam, e eu tinha e tenho muito orgulho dela. Ao contrário de mim, que sofria para escrever até mesmo o mais simples verso, minha esposa podia criar beleza tão facilmente quanto o Senhor criou a Terra. Suas pinturas estão em museus por todo o mundo, mas guardei apenas duas para mim. A primeira que ela me deu e a última. Estão penduradas no meu quarto e, tarde da noite, fico sentado admirando-as. Às vezes choro quando olho para elas. Não sei por quê.

E assim os anos se passaram. Levamos nossas vidas, trabalhando, pintando, criando nossos filhos, nos amando. Vejo fotos de Natais, viagens de família, formaturas e casamentos. Vejo netos e rostos felizes. Vejo fotos nossas, nossos cabelos ficando mais brancos, as linhas em nossos rostos mais profundas. Uma vida que parece tão típica e, ainda assim, é incomum.

Não podíamos prever o futuro, mas quem poderia? Eu não vivo agora como esperava. E o que eu esperava? Aposentadoria. Visitas aos netos, talvez viajar mais. Ela sempre gostou de viajar. Achei que talvez eu pudesse ter um hobby, o que eu não sei, mas provavelmente construir navios. Em garrafas. Pequenos, detalhados, algo impossível de pensar agora, com minhas mãos neste estado. Mas não sou amargo.

Nossas vidas não podem ser medidas por nossos últimos anos, disso tenho certeza, e acho que eu deveria ter previsto o que aconteceria. Quando paro para pensar, creio que parecia óbvio, mas, no começo, achava a confusão dela compreensível, e não sintomática. Ela esquecia onde tinha colocado as chaves, mas quem nunca passou por isso? Esquecia o nome de um vizinho, mas não de alguém que conhecíamos bem ou com quem socializávamos. Às vezes, escrevia o ano errado quando preenchia os cheques, mas, de novo, eu considerava tudo isso simples enganos que cometemos quando estamos pensando em outras coisas.

Só quando os equívocos mais óbvios aconteceram foi que comecei a suspeitar do pior. Um ferro no freezer, roupas na lava-louça, livros no forno. Outras coisas, também. Mas, no dia em que a encontrei no carro a três quarteirões de distância, chorando ao volante porque não conseguia encontrar o caminho de casa, foi a primeira vez que fiquei realmente assustado. Ela também estava assustada e, quando bati na janela, virou-se para mim e disse: "Ah, meu Deus, o que está acontecendo comigo? Por favor, me ajude."

Senti, então, um aperto no estômago, mas não ousei pensar o pior.

Seis dias depois, ela foi ao médico e começou a fazer uma série de exames. Eu não os entendi na época e não entendo agora, mas receio que seja porque tenho medo de saber. Passou quase uma hora com o Dr. Barnwell e voltou ao consultório dele no dia seguinte.

Foi o dia mais longo da minha vida. Eu folheava revistas que não conseguia ler e tentava passar o tempo com jogos que não me obrigavam a pensar. Por fim, ele nos chamou e nos mandou sentar.

Ela segurou meu braço de maneira confiante, mas lembro claramente que minhas mãos tremiam. "Sinto muito ter que lhes dizer isso, começou o Dr. Barnwell", "mas você parece estar nos estágios iniciais do Alzheimer..."

Minha mente se apagou e eu só conseguia pensar na luz que brilhava sobre nossas cabeças. As palavras ecoavam na minha cabeça: *nos estágios iniciais do Alzheimer...*

Minha cabeça não parava de girar, e pude senti-la apertar meu braço com mais força. Ela sussurrou, quase para si mesma: "Ah, Noah... Noah..."

E, quando as lágrimas começaram a cair, a palavra voltou à minha mente: *Alzheimer...*

É uma doença estéril, tão vazia e sem vida quanto o deserto. É uma ladra de corações e almas e lembranças. Eu não sabia o que lhe dizer enquanto ela soluçava em meu peito, então simplesmente a abracei e acalentei.

O médico estava com um ar sério e triste. Era um homem bom, e aquilo era difícil para ele também. O homem era mais jovem do que o meu filho mais novo, e senti minha idade em sua presença. Minha mente estava confusa, meu amor estava tremendo e a única coisa em que eu conseguia pensar era:

Nenhum homem que se afoga é capaz de saber qual gota de água levou embora seu último suspiro...

Palavras de um sábio poeta, que, no entanto, não me trouxeram consolo. Não sei o que queriam dizer ou por que pensei nelas.

Nós ficamos abraçados e continuei a acalentá-la, e Allie, meu sonho, minha beleza atemporal, me disse que sentia muito. Eu sabia que não havia o que perdoar e sussurrei em seu ouvido: "Tudo vai ficar bem."

Mas, dentro de mim, eu estava com medo. Era um homem vazio, sem nada para oferecer, vazio como uma chaminé descartada. Lembro-me apenas de partes da explicação do Dr. Barnwell: "É uma desordem degenerativa do cérebro que afeta a memória e a personalidade... Não há cura nem terapia... Não há como dizer com que rapidez irá progredir... Difere de pessoa para pessoa... Eu queria saber mais... Alguns dias serão melhores do que outros... Ficará pior com o passar do tempo... Sinto muito ter que lhes dizer isso..."

Sinto muito...

Sinto muito...

Sinto muito...

Todos sentiam muito. Meus filhos ficaram arrasados, meus amigos, assustados. Não me lembro do momento em que saí do consultório e não me lembro de ter dirigido para casa. Minhas lembranças daquele dia se foram, e isso minha esposa e eu temos em comum.

Já faz quatro anos. Desde então, procuramos aproveitar o tempo da melhor forma, se é que é possível. Allie organizou tudo, como era do seu temperamento. Cuidou dos detalhes para deixarmos a casa e nos mudarmos para cá. Reescreveu seu testamento e o selou. Deixou instruções específicas para seu enterro, que estão na última gaveta da minha escrivaninha. Eu não as vi. E, quando terminou, começou a escrever. Cartas para amigos e filhos. Cartas para irmãos e primos. Cartas para sobrinhos e vizinhos. E uma carta para mim.

Leio às vezes quando estou com vontade e, quando faço isso, me lembro de Allie nas noites frias de inverno, sentada junto à lareira com um copo de vinho ao lado, lendo as cartas que lhe escrevi ao longo dos anos.

Ela as guardou, essas cartas, e agora eu as guardo, porque ela me fez prometer isso. Ela disse que eu saberia o que fazer com elas. Estava certa: descobri que gosto de ler trechos das cartas, assim como ela costumava fazer. Essas cartas me intrigam, porque, quando pego uma, percebo que romance e paixão são possíveis em qualquer idade. Vejo Allie agora e sei que nunca a amei mais, porém, quando leio as cartas, percebo que sempre me senti da mesma forma.

Eu as li por último três noites atrás, muito tempo depois de quando devia estar dormindo. Eram quase duas da madrugada quando fui à escrivaninha e encontrei a pilha de cartas, grande e desgastada pelo tempo. Desamarrei a fita, que tem quase meio século, e peguei as cartas que a mãe dela escondera há tanto tempo e aquelas que escrevi depois. Uma vida inteira de cartas, cartas que professam meu amor, cartas do meu coração. Dei uma olhada nelas com um sorriso no rosto, escolhendo uma, e, por fim, abri a do nosso primeiro aniversário de casamento.

Li um trecho:

> *Quando a vejo agora – movendo-se devagar em razão da vida que cresce dentro de você –, espero que saiba quanto significa para mim e como esse ano tem sido especial. Nenhum homem é mais abençoado do que eu, e eu a amo com todo o meu coração.*

Deixei essa carta de lado, revirei a pilha e encontrei outra, de uma noite fria de 39 anos atrás.

> *Sentado ao seu lado enquanto nossa filha mais nova desafina na apresentação natalina da escola, olhei para você e vi um orgulho que só têm aqueles que sentem tudo profundamente em seus corações e percebi que nenhum homem poderia ter mais sorte do que eu.*

E depois que nosso filho morreu, aquele que se parecia tanto com a mãe... Foi o momento mais difícil pelo qual passamos, e as palavras soam verdadeiras até hoje:

> *Nos momentos de tristeza e pesar, vou abraçá-la e embalá-la e transformar o seu pesar em meu. Quando você chora, eu choro, e quando você sofre, eu sofro. E, juntos, tentaremos conter a enxurrada de lágrimas e desespero e passar pelas ruas esburacadas da vida.*

Parei por um momento, lembrando-me do nosso filho. Ele tinha 4 anos na época, era apenas um bebê. Já vivi vinte vezes mais tempo que meu filho, mas, se fosse possível, eu trocaria minha vida pela dele. É terrível sofrer com a morte de um filho, uma tragédia que não desejo a ninguém.

Esforcei-me ao máximo para conter as lágrimas, revirei mais algumas cartas para clarear a mente e encontrei a do nosso vigésimo aniversário de casamento, algo muito mais fácil para se pensar:

Quando vejo você, minha querida, pela manhã antes de tomar banho ou em seu estúdio coberta de tinta, com o cabelo emaranhado e os olhos cansados, sei que você é a mulher mais linda do mundo.

Elas continuavam, essa correspondência de vida e amor, e li dezenas mais, algumas dolorosas, a maioria reconfortante. Às três horas, eu estava cansado, mas tinha chegado ao final da pilha. Ainda havia uma carta, a última que escrevi para ela, e, a essa altura, eu sabia que precisava continuar.

Levantei o selo e tirei as duas folhas lá de dentro. Deixei a segunda de lado, levei a primeira página para um lugar mais iluminado e comecei a ler:

Minha querida Allie,

A varanda está silenciosa, exceto pelos sons que vêm das sombras, e desta vez estou sem palavras. É uma experiência estranha para mim, pois, quando penso em você e na vida que compartilhamos, há muito o que relembrar. Uma vida inteira de recordações. Mas colocar isso em palavras? Não sei se sou capaz. Não sou um poeta, e ainda assim é preciso um poema para expressar plenamente o que sinto por você.

Então minha mente vagueia e me lembro que, hoje de manhã, enquanto eu fazia o café, pensei em nossa vida juntos. Kate estava lá, assim como Jane, e as duas ficaram em silêncio quando entrei na cozinha. Vi que tinham andado chorando e, sem dizer uma palavra, sentei-me ao lado das duas à mesa e segurei a mão delas. E sabe o que vi quando olhei para elas? Vi aquela você de tanto tempo atrás, no dia em que dissemos adeus. Elas se pare-

cem com você e lembram como era na época: bonita, sensível e ferida pela dor que vem quando algo especial é tirado de nós. E, por alguma razão que não entendo bem, me inspirei a lhes contar uma história.

Chamei Jeff e David à cozinha, pois eles também estavam aqui, e, quando nossos filhos se juntaram a mim, eu lhes contei sobre nós dois e como você voltou para mim tanto tempo atrás. Falei sobre nossa caminhada e o jantar de caranguejo na cozinha, e eles ouviram com sorrisos nos rostos quando lhes contei sobre o passeio de canoa e sobre termos ficado em frente à lareira, com a tempestade violenta lá fora. Contei que sua mãe veio nos avisar sobre Lon no dia seguinte – eles pareceram tão surpresos quanto nós – e, sim, até mesmo lhes falei o que aconteceu mais tarde naquele dia, depois que você voltou para a cidade.

Essa parte da história nunca me deixou, mesmo depois de todo esse tempo. Mesmo eu não estando lá, você me contou o que houve apenas uma vez e me lembro de ter ficado maravilhado com a força que demostrou naquele dia. Ainda não consigo imaginar o que se passava pela sua cabeça quando entrou no saguão e viu Lon ou como deve ter sido difícil falar com ele. Você me disse que os dois saíram da pousada e se sentaram em um banco junto à velha igreja metodista e que Lon segurou sua mão, mesmo quando você explicou que ficaria aqui.

Sei que se importava com ele. E a reação de Lon me prova que ele também se importava com você. Não, Lon não podia aceitar perdê-la, mas como poderia? Mesmo enquanto você explicava que sempre me amara e que não seria justo com ele, Lon não soltou sua mão. Sei que ele estava ferido e irritado e que tentou por quase uma hora fazê-la mudar de ideia, mas, quando você se manteve firme e falou "Não posso voltar com você, sinto muito", Lon soube que sua decisão tinha sido tomada. Você disse que ele simplesmente balançou a cabeça e que ficaram sentados juntos por um longo tempo sem falar nada. Sempre me perguntei no que Lon pensava ali, sentado com você, mas tenho certeza de que se sentia da mesma forma que eu algumas horas antes. E, quando finalmente a levou até o carro, Lon falou que eu era um homem de sorte. Ele se comportou como um cavalheiro, então entendi por que sua escolha foi tão difícil.

Lembro que, quando terminei a história, a cozinha permaneceu em silêncio até que Kate finalmente se levantou para me abraçar. "Ah, papai", disse ela com lágrimas nos olhos e, embora eu estivesse preparado para responder suas perguntas, nossos filhos não me perguntaram nada. Em vez disso, me deram algo muito mais especial.

Durante as quatro horas seguintes, cada um me disse o que nós, nós dois, tínhamos significado para eles ao longo da vida. Um por um, contaram histórias sobre coisas que eu já tinha esquecido havia muito tempo. Quando terminaram, eu estava chorando, porque percebi como os havíamos criado bem. Eu me senti tão orgulhoso deles, e orgulhoso de você, e feliz pela vida que levamos. E nada jamais vai me tirar isso. Nada. Só queria que tivesse estado aqui para desfrutar disso comigo.

Depois que eles saíram, fiquei em silêncio, relembrando nossa vida juntos. Você está sempre aqui comigo quando faço isso, pelo menos em meu coração, e é impossível lembrar-me de um tempo em que você não fazia parte de mim. Não sei quem eu teria me tornado se você nunca tivesse voltado para mim naquele dia, mas não tenho dúvidas de que teria vivido e morrido com arrependimentos que felizmente nunca vou conhecer.

Amo você, Allie. Sou quem sou por sua causa. Você é toda a razão, toda a esperança e todo o sonho que já tive, e, independentemente do que aconteça conosco no futuro, cada dia que passamos juntos é o melhor dia da minha vida. Serei sempre seu.

E você, minha querida, sempre será minha.

Noah

Deixei as páginas de lado e me lembrei que estava sentado com Allie em nossa varanda quando ela leu essa carta pela primeira vez. Era fim de tarde, traços vermelhos cortavam o céu de verão e os últimos vestígios do dia se desvaneciam. O céu mudava lentamente de cor e, enquanto via o sol se pôr, pensei naquele momento efêmero e breve em que o dia de repente se transforma em noite.

Percebi então que o crepúsculo é apenas uma ilusão, porque ou o sol está acima do horizonte ou abaixo dele. E isso significa que dia e noite estão interligados como poucas coisas; não pode haver um sem o outro e, ainda assim, os dois não podem existir ao mesmo tempo. Como seria, lembro de ter me imaginado, estar sempre juntos, mas eternamente separados?

Em retrospecto, é irônico que ela tenha decidido ler a carta no momento exato em que a pergunta surgiu na minha cabeça. Irônico, é claro, porque agora sei a resposta. Sei como é ser dia e noite: sempre juntos e eternamente separados.

❧

É lindo o lugar onde estamos sentados esta tarde, Allie e eu. Este é o auge da minha vida. Eles estão aqui no riacho: as aves, os gansos, meus amigos. Seus corpos flutuam pela água fria, que reflete partes de suas cores e os faz parecer maiores do que realmente são. Allie também é tomada pela beleza da vista e, aos poucos, nos conhecemos outra vez.

– É bom conversar com você. Sinto falta disso, mesmo quando não faz muito tempo.

Sou sincero e ela sabe disso, mas ainda se mostra cautelosa. Sou um estranho.

– Fazemos isso sempre? – pergunta ela. – Costumamos nos sentar aqui e observar os pássaros? Quero dizer, nós nos conhecemos bem?

– Sim e não. Acho que todo mundo tem segredos, mas nós nos conhecemos há anos.

Ela olha para suas mãos, depois para as minhas. Pensa sobre isso por um instante, o rosto em um ângulo que a faz parecer jovem novamente. Não usamos nossas alianças. Mais uma vez, há uma razão para isso.

– Já foi casado? – indaga.

– Sim.

– Como ela era?

Digo a verdade:

– Ela era meu sonho. Ela fez de mim quem eu sou, e tê-la em meus braços era mais natural que as batidas do meu coração. Penso nela o tempo todo. Mesmo agora, sentado aqui, penso nela. Nunca poderia haver outra.

Ela absorve o que falei. Não sei como se sente com relação a isso. Por fim, fala suavemente, a voz angelical, sensual. Pergunto-me se ela sabe que penso essas coisas.

– Ela morreu?

O que é a morte?, pergunto-me, mas não digo isso. Então respondo:

– Minha esposa está viva em meu coração. E sempre estará.

– Você ainda a ama, não é?

– É claro. Mas amo muitas coisas. Amo sentar aqui com você. Amo compartilhar a beleza deste lugar com alguém que aprecio. Amo ver a águia-pescadora mergulhar em direção ao riacho e encontrar seu jantar.

Ela fica em silêncio por um instante. Então olha para o outro lado para esconder o rosto, hábito que carrega há anos.

– Por que está fazendo isso?

Sem medo, apenas curiosidade. Isso é bom. Sei o que ela quer dizer, mas pergunto, de qualquer forma:

– O quê?

– Por que está passando o dia comigo?

Abro um sorriso.

– Estou aqui porque é onde deveria estar. Não é complicado. Nós dois estamos nos divertindo. Não menospreze o tempo que passo com você... não é desperdiçado. É o que eu quero. Sento aqui, nós conversamos e penso comigo mesmo: "O que poderia ser melhor do que o que estou fazendo agora?"

Ela me olha nos olhos e, por um instante, apenas um instante, eles brilham. Seus lábios formam um pequeno sorriso.

– Gosto de estar com você, mas, se sua intenção é me deixar intrigada, então conseguiu. Admito que gosto da sua companhia, mas não sei nada sobre você. Não espero que me conte a história da sua vida, mas por que é tão misterioso?

– Li uma vez que as mulheres adoram desconhecidos misteriosos.

– Está vendo, você não respondeu a pergunta. Não responde a maioria das minhas perguntas. Nem me contou hoje de manhã como a história terminava.

Dei de ombros. Ficamos em silêncio por um tempo.

– É verdade? – pergunto por fim.

– O quê?

– Que as mulheres adoram desconhecidos misteriosos?

Ela pensa sobre isso e ri. Então responde como eu faria:

– Acho que algumas mulheres gostam.

– Você gosta?

– Não me coloque em situação difícil. Eu não o conheço bem o suficiente para isso.

Ela está me provocando, e gosto disso.

Ficamos sentados em silêncio e observamos o mundo à nossa volta. Levamos uma vida inteira para aprender isso. Parece que só os mais velhos são capazes de se sentar um ao lado do outro sem falar nada e ainda assim ficarem contentes. Os jovens, impetuosos e impacientes, sempre precisam quebrar o silêncio. É um desperdício, porque o silêncio é puro. O silêncio é sagrado. Ele une as pessoas, porque só aqueles que se sentem confortáveis uns com os outros podem se sentar juntos sem falar nada. Esse é o grande paradoxo.

O tempo passa e aos poucos nossa respiração começa a coincidir como naquela manhã. Respirações profundas, relaxadas, e há um momento em que ela cochila, como muitas vezes fazem aqueles que se sentem confortáveis com o outro. Pergunto-me se os mais novos são capazes de apreciar isso. Por fim, quando ela acorda, um milagre.

– Vê aquele pássaro?

Ela aponta, e estreito os olhos.

É um espanto eu conseguir vê-lo, mas isso acontece porque o sol está forte. Aponto para ele também.

– Gaivina-de-bico-vermelho – digo suavemente.

Então devotamos nossa atenção a ele, que plana sobre o riacho. E, como um velho hábito redescoberto, quando abaixo meu braço, coloco a mão em seu joelho e ela não me faz tirar.

❦

Ela está certa sobre meu jeito evasivo. Em dias como este, em que sua memória se perdeu, sou vago em minhas respostas porque, nesses últimos anos, já magoei minha esposa sem querer várias vezes com deslizes da minha língua e estou determinado a não deixar isso acontecer outra vez. Então me limito e respondo apenas o que é perguntado, às vezes não muito bem, e não acrescento nada.

Essa decisão tem um lado bom e um ruim, mas é necessária, pois com o conhecimento vem a dor. Para limitar a dor, limito minhas respostas. Há dias em que ela não chega a saber sobre os filhos ou que somos casados. Lamento por isso, mas não vou mudar.

Essa atitude faz de mim uma pessoa desonesta? Talvez, mas já a vi assolada pelo turbilhão de informações que é sua vida. Será que eu conseguiria me olhar no espelho sem os olhos vermelhos e o queixo trêmulo se descobrisse que esqueci tudo o que era importante para mim? Não, e nem ela, e, quando essa odisseia teve início, era assim que eu começava. Sua vida, seu casamento, seus filhos. Seus amigos e seu trabalho. Perguntas e respostas, como em um programa de televisão.

Os dias foram difíceis para nós dois. Eu era uma enciclopédia, um objeto sem sentimento, dos quens, quês e ondes na vida dela, quando na verdade são os porquês, as coisas que eu não sabia e não podia responder, que fazem tudo valer a pena. Ela via fotos dos filhos de que não se lembrava, segurava pincéis que não inspiravam nada e lia cartas de amor que não traziam de volta nenhuma alegria. Ela ia enfraquecendo com o passar das horas, ficando mais pálida, amarga, e terminava o dia pior do que tinha começado. Nossos dias se perdiam, assim como ela. E, de forma egoísta, eu também.

Então eu mudei. Tornei-me Fernão de Magalhães ou Colombo, um explorador dos mistérios da mente, e aprendi, devagar e aos tropeços – mas aprendi, de qualquer forma –, o que tinha de ser feito. Aprendi o que é óbvio para uma criança. Que a vida é apenas uma coleção de pequenas vidas, cada uma vivida um dia de cada vez. Que cada dia devia ser passado encontrando beleza nas flores, na poesia e conversando com os animais. Que um dia passado com sonhos, por do sol e brisas refrescantes não poderia ser melhor. Mas, acima de tudo, aprendi que a vida tem a ver com sentar em bancos junto a velhos riachos com minha mão no joelho dela e, às vezes, nos melhores dias, se apaixonar.

– No que está pensando? – pergunta ela.

É o fim da tarde. Deixamos o banco e arrastamos nossos pés ao longo de caminhos iluminados que serpenteiam em torno deste complexo. Ela está segurando meu braço e sou seu acompanhante. Foi ideia dela fazer isso. Talvez ela esteja encantada por mim. Talvez queira evitar que eu caia. De qualquer forma, estou sorrindo para mim mesmo.

– Estou pensando em você.

Ela não responde, só aperta meu braço, e posso ver que gostou da minha resposta. Nossa vida juntos me faz notar essas coisas, mesmo que nem ela saiba. Continuo:

– Sei que não se lembra de quem você é, mas eu lembro e, quando olho para você, me sinto bem.

Ela dá um tapinha no meu braço e sorri.

– Você é um homem gentil e de bom coração. Espero ter gostado tanto de você antes quanto gosto agora.

Andamos um pouco mais. Por fim ela diz:

– Tenho que lhe contar uma coisa.

– Diga.

– Acho que tenho um admirador.

– Um admirador?

– Sim.

– Entendo.

– Não acredita em mim?

– Acredito.

– E deveria.

– Por quê?

– Porque acho que é você.

Penso nisso enquanto caminhamos em silêncio, de braços dados, passando pelos quartos, pelo pátio. Chegamos ao jardim, coberto principalmente de flores silvestres, e eu a faço parar. Pego algumas – vermelhas, rosa, amarelas, violeta. Dou as flores a ela, que as leva ao nariz, sente seu perfume com os olhos fechados e sussurra:

– São lindas.

Voltamos a caminhar e ela me segura com uma das mãos, as flores na outra. As pessoas nos observam, pois somos um milagre ambulante, foi o que me disseram. De certa forma é verdade, embora na maioria das vezes eu não sinta que tenho sorte.

– Acha que sou eu? – pergunto por fim.

– Sim.

– Por quê?

– Porque encontrei o que você tem escondido.
– O quê?
– Isto – diz ela, entregando-me um pequeno pedaço de papel. – Encontrei debaixo do meu travesseiro.

Leio o que está escrito:

> *O corpo, com dor mortal, perde as forças,*
> *mas mantenho minha promessa*
> *no crepúsculo de nossos dias.*
> *Um toque delicado que termina com um beijo*
> *despertará mais uma vez o amor e a alegria.*

– Há mais? – pergunto.
– Encontrei isto no bolso do meu casaco.

> *Nossas almas eram uma, eu já sabia,*
> *E nunca devem se separar então.*
> *Na manhã esplêndida, seu rosto se ilumina;*
> *procuro você e encontro meu coração.*

– Entendo – é tudo o que digo.

Caminhamos enquanto o sol desce cada vez mais no céu. O crepúsculo prateado é o único resquício do dia, e continuamos falando sobre poesia. Ela está encantada pelo romance.

Quando chegarmos à entrada, estou cansado. Ela sabe disso, então estende a mão para eu parar e me faz olhar para seu rosto. Eu olho e percebo como fiquei encurvado. Nós dois temos a mesma altura agora. Às vezes fico feliz por ela não saber quanto eu mudei. Virada para mim, me olha fixamente por um bom tempo.

– O que está fazendo? – pergunto.
– Não quero esquecer você ou este dia, e estou tentando guardar você na lembrança.

Será que vai funcionar desta vez?, eu me pergunto, mas sei que não. Não é possível. Mas não lhe conto o que estou pensando. Em vez disso, sorrio, porque suas palavras são doces.

– Obrigado – digo.

– Estou falando sério. Não quero esquecê-lo de novo. Você é muito especial para mim. Não sei o que teria feito sem você hoje.

Sinto um nó na garganta. Há emoção por trás de suas palavras, emoção que sinto sempre que penso nela. Sei que é por isso que vivo, e meu coração se enche de amor por ela neste momento. Como eu queria ser forte o suficiente para carregá-la nos braços até o paraíso.

– Não tente falar nada – diz ela. – Vamos apenas apreciar o momento.

Faço isso, e me sinto no céu.

❦

Sua doença está pior agora do que no início, embora Allie seja diferente da maioria. Há três outros com Alzheimer aqui, e eles são a soma da minha experiência com essa doença. Ao contrário de Allie, os três estão nos estágios mais avançados dela e quase completamente perdidos. Acordam confusos e com alucinações. E se repetem sem parar. Dois deles não conseguem se alimentar e morrerão em breve. A terceira tem uma tendência a vagar e se perder. Certa vez foi encontrada no carro de um estranho a 400 metros de distância. Desde então, ela fica amarrada à cama. Eles ficam muito amargos algumas vezes; em outras, parecem crianças perdidas, tristes e sozinhos. Raramente reconhecem os funcionários ou as pessoas que os amam. É uma doença penosa, por isso é difícil para os filhos deles e os meus nos fazerem visitas.

Allie, é claro, tem os próprios problemas também, que provavelmente vão piorar com o tempo. Ela fica muito assustada todas as manhãs e chora de forma inconsolável. Vê pessoas pequenas, tipo gnomos, eu acho, observando-a e grita para que vão embora. Ela não tem problemas para tomar banho, mas não come regularmente. Está magra agora, magra demais, na minha opinião, e nos dias bons faço o máximo para engordá-la um pouco.

Mas é aqui que a semelhança termina. E é por isso que Allie é considerada um milagre, porque às vezes, só algumas vezes, depois que leio para ela, seu quadro não fica mais tão ruim. Não há explicação para isso. "É impossível", dizem os médicos. "Talvez não seja Alzheimer o que ela tem." Mas é. Na maioria dos dias e todas as manhãs, não há dúvidas. Nisso, todos concordam.

Mas então por que com ela é diferente? Por que ela às vezes muda depois que leio? Digo aos médicos a razão – sei disso em meu coração, mas não acreditam em mim. Em vez disso, recorrem à ciência. Especialistas já foram até Chapel Hill quatro vezes para encontrar a resposta. E quatro vezes saíram sem entender. Eu lhes digo "Vocês não podem entender baseados apenas em seu treinamento e em seus livros", mas eles balançam a cabeça e respondem: "O Alzheimer não funciona assim. No estado dela, não é possível conseguir conversar ou obter uma melhora à medida que o dia passa. Nunca."

Mas isso acontece com ela. Não todos os dias, não na maioria das vezes, e definitivamente menos do que antes. Mas às vezes acontece. E tudo o que está perdido nesses dias é a sua memória, como se ela sofresse de amnésia. Mas suas emoções são normais, seus pensamentos são normais. E é nesses dias que sei que estou fazendo a coisa certa.

❧

O jantar está à espera em seu quarto quando voltamos. Foi tudo acertado para comermos ali, como sempre fazemos em dias como aquele, e novamente eu não poderia querer mais. As pessoas aqui cuidam de tudo. Elas são boas para mim, e sou grato por isso.

Diminuíram a luz – o quarto está iluminado por duas velas na mesa em que vamos nos sentar – e há uma música suave tocando ao fundo. Os copos e pratos são de plástico e a jarra está cheia de suco de maçã, mas regras são regras, e ela não parece se importar. Ela suspira de leve ao ver tudo aquilo. Seus olhos estão arregalados.

– Você fez isso?

Faço que sim com a cabeça e ela entra no quarto.

– Está lindo.

Ofereço meu braço e a levo até a janela. Ela não o solta quando chegamos lá. Seu toque é maravilhoso; ficamos ali de pé, juntos naquela agradável noite de primavera. A janela está um pouco aberta e sinto a brisa soprar em meu rosto. A lua está no céu e ficamos observando por longo tempo o céu noturno.

– Nunca vi nada tão lindo, tenho certeza – diz ela.

– Eu também não – concordo, mas estou olhando para ela.

Ela nota o que quero dizer e vejo seu sorriso. Um instante depois sussurra:

– Acho que sei com quem Allie ficou no final da história – diz ela.

– Sabe?

– Sim.

– Com quem?

– Ela ficou com Noah.

– Tem certeza?

– Absoluta.

Sorrio e balanço a cabeça.

– Sim, ela ficou com ele – digo baixinho.

Ela sorri em resposta. Seu rosto está radiante.

Puxo a cadeira para ela com certo esforço. Ela se senta e me sento à sua frente. Ela estende a mão sobre a mesa, eu a pego e sinto seu polegar roçar minha mão como ela fazia havia muitos anos. Sem falar nada, olho para ela por um longo tempo, vivendo e revivendo os momentos da minha vida, relembrando e tornando tudo real. Sinto um nó na garganta e mais uma vez percebo como meu amor por ela é enorme. Minha voz soa trêmula quando finalmente falo:

– Você é tão linda!

Vejo em seus olhos que ela sabe o que sinto por ela e o que realmente quero dizer com essas palavras.

Ela não responde. Em vez disso, olha para baixo. Eu me pergunto em que está pensando. Ela não me dá pistas; aperto sua mão com delicadeza. Espero. Conheço bem o seu coração e sei que estou quase lá.

E então um milagre me prova que estou certo.

Enquanto Glenn Miller toca suavemente no quarto iluminado por velas, eu a vejo ceder aos poucos aos sentimentos. Noto um sorriso caloroso começar a se abrir em seus lábios, do tipo que faz com que tudo valha a pena, e a vejo erguer os olhos enevoados até os meus. Ela puxa minha mão em sua direção.

– Você é maravilhoso... – diz ela suavemente, deixando a frase no ar.

Naquele momento, ela também se apaixona por mim; sei disso porque já vi esses sinais umas mil vezes.

Ela não diz mais nada na hora, não precisa, e me lança um olhar de uma outra vida que me torna inteiro de novo. Sorrio também, com toda a paixão possível, e olhamos um para o outro com os sentimentos dentro de nós batendo forte como as ondas do mar. Olho em torno do quarto, depois para o teto, então de volta para Allie, e a maneira como ela olha para mim me aquece. E de repente me sinto jovem outra vez. Não sinto mais frio ou dor, nem estou encurvado ou deformado, ou quase cego pela catarata.

Sou forte e orgulhoso, e o homem mais sortudo do mundo, e continuo me sentindo assim por muito tempo do outro lado da mesa.

Quando as velas já queimaram uma terça parte, estou pronto para quebrar o silêncio:

– Eu a amo de todo o coração e espero que saiba disso.

– É claro que sei – diz ela, sem fôlego. – Sempre amei você, Noah.

Noah, ouço de novo. *Noah*. A palavra ecoa na minha cabeça. *Noah... Noah. Ela sabe*, penso comigo mesmo, *ela sabe quem eu sou...*

Ela sabe...

Uma coisa tão pequena, mas para mim é um presente de Deus, e sinto nossa vida inteira juntos, abraçando-a, amando-a e estando ao lado dela durante os melhores anos da minha vida

– Noah... Meu doce Noah... – murmura ela.

E eu, que nunca pude aceitar as palavras dos médicos, triunfo outra vez, pelo menos por um instante. Deixo de lado a fantasia do mistério, beijo sua mão, trazendo-a ao meu rosto, e sussurro em seu ouvido:

– Você é a melhor coisa que já aconteceu comigo.

– Ah... Noah – diz ela com lágrimas nos olhos. – Eu também te amo.

❧

Se ao menos fosse acabar assim, eu seria um homem feliz.

Mas não vai. Tenho certeza disso, pois, à medida que o tempo passa, começo a enxergar os sinais de preocupação no rosto dela.

– Qual é o problema? – pergunto, e sua resposta vem suavemente:

– Estou com tanto medo. Tenho medo de esquecê-lo de novo. Não é justo... Não posso suportar abrir mão disso.

Sua voz falha no fim, mas não sei o que dizer. Sei que a noite está chegando ao fim e não há nada que eu possa fazer para deter o inevitável. Com relação a isso, sou um fracasso.

– Nunca vou deixá-la. O que temos é eterno – digo por fim.

Ela sabe que isso é tudo o que posso fazer, porque nenhum de nós quer promessas vazias. Mas, pela maneira como olha para mim, noto que mais uma vez ela queria que fosse possível fazer algo.

Os grilos nos fazem uma serenata e começamos a jantar. Nenhum de nós está com fome, mas dou o exemplo e ela me segue: dá pequenas garfadas e mastiga por muito tempo, mas fico feliz de vê-la comer. Ela perdeu muito peso nos últimos três meses.

Depois do jantar, fico com medo mesmo sem querer. Sei que deveria estar feliz, pois este reencontro é a prova de que o amor ainda pode ser nosso, mas sei que o sino já dobrou esta noite. O sol já se pôs há muito tempo e o ladrão está por vir, e não há nada que eu possa fazer para detê-lo. Então olho para ela e espero, e vivo uma vida inteira nesses últimos instantes.

Nada.

O relógio anda.

Nada.

Tomo-a em meus braços e nos abraçamos.

Nada.

Sinto-a tremer e sussurro em seu ouvido.

Nada.

Digo a ela pela última vez naquela noite que a amo.

E o ladrão vem.

A rapidez com que tudo acontece sempre me espanta. Mesmo agora, depois de todo esse tempo. Enquanto me abraça, ela começa a piscar rapidamente e a balançar a cabeça. Então, virando para o canto do quarto, olha fixamente para algum ponto por um bom tempo, a preocupação estampada em seu rosto.

Não!, minha mente grita. *Ainda não! Não agora... não quando estamos tão próximos! Não esta noite! Qualquer noite, menos esta... Por favor!* As palavras estão dentro de mim. *Não posso passar por isso de novo! Não é justo... não é justo...*

No entanto, mais uma vez é inútil.

— Aquelas pessoas — diz ela por fim, apontando — estão olhando para mim. Por favor, faça-as parar.

Os gnomos.

Sinto um aperto no estômago, contraindo-se com força. Paro de respirar por um instante, depois volto, a respiração mais curta. Minha boca fica seca e sinto o coração disparado. Acabou, eu sei, e estou certo. Anoiteceu. Essa confusão noturna associada ao Alzheimer que afeta minha esposa é a parte mais difícil. Pois, quando chega, Allie vai embora, e às vezes me pergunto se nós dois voltaremos a nos amar.

– Não há ninguém ali, Allie – digo, tentando deter o inevitável.

Ela não acredita em mim.

– Eles estão olhando para mim.

– Não tem ninguém olhando para você – sussurro, balançando a cabeça.

– Você não consegue vê-los?

– Não – respondo, e ela pensa por um instante.

– Bem, eles estão bem ali – rebate, empurrando-me para longe – e estão olhando para mim.

Com isso, Allie começa a falar consigo mesma e, pouco depois, quando tento confortá-la, ela se encolhe com os olhos arregalados.

– Quem são vocês? – indaga com pânico na voz, o rosto ficando mais pálido. – O que estão fazendo aqui?

Noto o medo crescendo dentro dela e aquilo me machuca, pois não há nada que eu possa fazer. Allie se afasta de mim, as mãos em posição defensiva, e então grita as palavras mais dolorosas de todas:

– Vão todos embora! Fiquem longe de mim!

Ela está afastando os gnomos, aterrorizada, agora alheia à minha presença.

Levanto-me e atravesso o quarto até a cama dela. Estou fraco, minhas pernas doem e sinto uma dor estranha na lateral do corpo que não sei de onde vem. Com muita dificuldade, tento apertar o botão para chamar as enfermeiras, pois meus dedos estão latejando e parecem congelados, mas finalmente consigo. Chegarão ali logo, sei disso, e espero por elas. Nesse meio-tempo, olho para a minha esposa.

Dez...

Vinte...

Trinta segundos se passam e continuo observando-a, atento a todos os detalhes, lembrando-me dos momentos que acabamos de compartilhar. Mas, durante todo esse tempo, ela não retribui o olhar e sou assombrado pela visão de Allie lutando contra inimigos invisíveis.

Sento-me ao lado da cama com as costas doendo e começo a chorar enquanto pego o diário. Allie não percebe. Eu entendo, porque a mente dela se foi.

Algumas páginas caem ao chão e me abaixo para pegá-las. Estou cansado, então me sento, sozinho e afastado da minha esposa. E, quando as enfermeiras entram, veem duas pessoas que precisam confortar: uma mulher tremendo de medo dos demônios em sua mente e o velho que a ama mais do que a própria vida chorando baixinho no canto, o rosto nas mãos.

❦

Passo o resto da noite sozinho em meu quarto. Minha porta está entreaberta e vejo as pessoas passando, alguns estranhos, alguns amigos, e, se me concentrar, posso ouvi-los falar sobre famílias, empregos e idas a parques. Diálogos comuns, nada mais, porém invejo essas pessoas e a facilidade com que podem conversar. Outro pecado mortal, eu sei, mas às vezes não consigo evitar.

O Dr. Barnwell também está aqui, falando com uma das enfermeiras, e me pergunto quem está tão doente a ponto de fazê-lo aparecer a essa hora. Ele trabalha muito, digo a ele sempre. "Passe o tempo com sua família", aconselho, "eles não estarão aqui para sempre." Mas ele não me escuta. Responde que se preocupa com os pacientes e deve vir aqui quando é chamado. O Dr. Barnwell diz que não tem escolha, mas isso faz dele um homem dividido pela contradição. Quer ser um médico completamente dedicado a seus pacientes e um homem completamente dedicado à família. Ele não pode ser os dois, porque não há horas suficientes no dia, mas ainda precisa aprender isso. Pergunto-me, à medida que a voz dele some, qual ele irá escolher ou se, infelizmente, alguém fará a escolha por ele.

Sento-me junto à janela em uma poltrona e penso no meu dia. Foi feliz e triste, maravilhoso e aflitivo. Minhas emoções conflitantes me mantêm em silêncio por muitas horas. Não li para ninguém esta noite; não conseguiria, porque poemas com certeza me levariam às lágrimas. Depois de um tempo, os corredores ficam silenciosos, exceto pelos passos dos seguranças noturnos. Às onze da noite, ouço os sons familiares que, por alguma razão, esperava. Os passos que conheço tão bem.

O Dr. Barnwell dá uma espiada dentro do quarto.

– Notei que sua luz estava acesa. Você se importa se eu entrar? – indaga.

– Não – digo, balançando a cabeça.

Ele entra e olha ao redor antes de se sentar perto de mim.

– Pelo que soube, você teve um bom dia com Allie.

Ele sorri. O Dr. Barnwell sente-se intrigado por Allie e por mim e pelo nosso relacionamento. Não sei se o interesse é apenas profissional.

– Acho que sim.

Ele inclina a cabeça diante de minha resposta e olha para mim.

– Você está bem, Noah? Parece um pouco abatido.

– Estou bem. Só um pouco cansado.

– Como estava Allie hoje?

– Bem. Conversamos por quase quatro horas.

– Quatro horas? Noah, isso é... incrível.

Só consigo assentir. Ele continua, balançando a cabeça:

– Nunca vi nada parecido, nem mesmo ouvi falar. Acho que é disso que se trata o amor. Vocês dois foram feitos um para o outro. Ela deve amá-lo muito mesmo. Sabe disso, não sabe?

– Sei – respondo, mas não consigo dizer mais nada.

– O que está realmente incomodando você, Noah? Allie disse ou fez algo que o magoou?

– Não. Ela foi maravilhosa, na verdade. É só que, agora, eu me sinto tão... sozinho.

– Sozinho?

– Sim.

– Ninguém está sozinho.

– Eu estou – retruco enquanto olho para o meu relógio e penso na família do Dr. Barnwell dormindo em uma casa silenciosa, o lugar em que ele deveria estar. – E você também.

❧

Os dias seguintes passaram sem nenhum fato digno de registro. Allie não me reconheceu em nenhum momento, e admito que minha atenção se perdeu um pouco às vezes, pois estava a maior parte do tempo pensando naquele dia que passáramos juntos. Embora o fim sempre viesse cedo demais, nada se perdeu naquele dia, só se ganhou, e eu estava muito feliz por ter recebido essa bênção outra vez.

Na semana seguinte, minha vida tinha praticamente voltado ao normal. Ou pelo menos tão normal quanto ela pode ser. Lia para Allie, lia para os outros, andava pelos corredores. Ficava acordado à noite e me sentava ao lado do aquecedor de manhã. Sinto um estranho conforto nessa previsibilidade.

Em uma manhã fresca e enevoada, oito dias depois daquele que passamos juntos, acordei cedo, como costumo fazer, e passei um tempo à minha mesa vendo fotos e lendo cartas escritas há muitos anos. Pelo menos tentei. Não conseguia me concentrar direito porque estava com dor de cabeça, então as deixei de lado e fui me sentar na cadeira colada à janela para ver o sol nascer. Sabia que Allie acordaria dentro de umas duas horas e queria estar revigorado, pois ler o dia inteiro só faria minha cabeça doer mais.

Fechei os olhos por alguns minutos, enquanto ela ora latejava, ora melhorava. Então, ao abri-los, vi meu velho amigo, o riacho, rolando lá fora. Diferentemente do de Allie, meu quarto tinha vista para ele, que nunca deixou de me inspirar. Este riacho é uma contradição: 100 mil anos de idade, mas renovado a cada chuva. Conversei com ele naquela manhã, sussurrando para que pudesse ouvir:

– Você é abençoado, meu amigo, e sou abençoado, e juntos nós recebemos os dias que estão por vir.

As ondulações circularam e se agitaram em concordância, o brilho pálido da luz da manhã refletindo o mundo que compartilhamos, o riacho e eu. Fluindo, refluindo, retrocedendo. Acho que observar a água é uma lição de vida. Um homem pode aprender muitas coisas.

Aconteceu quando estava sentado na cadeira, logo que o sol despontou no horizonte. Notei que minha mão começou a formigar, algo que nunca acontecera antes. Comecei a levantá-la, mas fui forçado a parar quando minha cabeça latejou novamente, dessa vez com força, quase como se eu tivesse sido atingido por um martelo. Fechei os olhos e contraí bem as pálpebras. Minha mão parou de formigar e ficou dormente muito rápido, como se meus nervos tivessem sido subitamente cortados em algum lugar do braço. Meu pulso travou quando senti uma dor lancinante na cabeça, que parecia fluir pelo meu pescoço para cada célula do corpo como um maremoto, esmagando e devastando tudo em seu caminho.

Perdi a visão e ouvi o que parecia um trem vindo a toda a centímetros da minha cabeça, então entendi que estava tendo um derrame. A dor correu pelo meu corpo como um raio e, em meus últimos instantes de consciência, pensei em Allie, deitada em sua cama, esperando pela história que eu nunca leria, perdida e confusa, completamente incapaz de se cuidar. Assim como eu.

E, quando meus olhos se fecharam pela última vez, pensei comigo mesmo: *Ah, meu Deus, o que foi que eu fiz?*

❦

Fiquei instável por dias, inconsciente e voltando, depois perdendo a consciência de novo, e, nos momentos em que estava acordado, me via ligado a máquinas, com tubos no nariz e pela garganta e duas bolsas de líquido penduradas perto da cama. Podia ouvir o zumbido baixo das máquinas aumentando e diminuindo e às vezes havia barulhos que eu não conseguia reconhecer. Uma máquina, indicando meu batimento cardíaco, fazia um som estranhamente reconfortante, que toda hora me embalava para a terra dos sonhos.

A preocupação dos médicos estava estampada em seus rostos quando estreitavam os olhos, avaliando os prontuários e ajustando as máquinas. Sussurravam o que lhes passava na cabeça, pensando que eu não podia ouvi-los: "Derrames podem ser perigosos", diziam, "principalmente para alguém na idade dele, e as consequências podem ser graves." Rostos fechados anunciavam suas previsões: "Perda da fala, perda do movimento, paralisia." Outra avaliação de prontuário, outro bipe de uma máquina estranha, e eles saíam, sem saber que eu tinha ouvido cada palavra.

Tentava não ficar pensando nessas coisas e me concentrar em Allie, trazendo a imagem dela à minha mente sempre que conseguia. Eu me esforçava ao máximo para trazer a vida dela para a minha, para sermos um só outra vez. Buscava sentir seu toque, ouvir sua voz, ver seu rosto e, quando eu conseguia, ficava cheio de lágrimas nos olhos, porque não sabia se poderia abraçá-la novamente, sussurrar para ela, passar o dia ao seu lado conversando, lendo e caminhando. Não era assim que eu imaginara, ou esperara, que tudo terminaria. Sempre achei que iria embora por último. Não era assim que deveria ser.

E, depois de dias perdendo a consciência e recobrando-a, numa manhã enevoada minha promessa a Allie fez meu corpo voltar à vida mais uma vez. Abri os olhos e vi o quarto cheio de flores, e seu perfume me motivou ainda mais. Procurei a campainha, esforcei-me para apertá-la e uma enfermeira apareceu trinta segundos depois, seguida pelo Dr. Barnwell, que sorriu quase imediatamente.

– Estou com sede – falei com voz rouca, e o Dr. Barnwell abriu um largo sorriso.

– Bem-vindo de volta – disse ele. – Sabia que você conseguiria.

Duas semanas depois, estou pronto para deixar o hospital, embora seja apenas meio homem agora. Se eu fosse um Cadillac, andaria em círculos, com uma das rodas girando, pois o lado direito do meu corpo está mais fraco que o esquerdo. E isso, segundo me dizem, é uma boa notícia, porque a paralisia podia ser total. Às vezes parece que estou cercado por otimistas.

A má notícia é que minhas mãos me impedem de usar uma bengala ou uma cadeira de rodas, então agora devo marchar em minha própria cadência. Não esquerda-direita-esquerda, como era comum na minha juventude, ou até mesmo o arrasta-arrasta que veio depois, mas sim arrasta lentamente-desliza-para-a-direita-arrasta lentamente. Sou uma aventura épica agora, quando caminho pelos corredores. É lento até mesmo para mim, um homem que mal conseguia passar uma tartaruga há duas semanas.

É tarde quando volto e, ao chegar ao meu quarto, sei que não vou dormir. Respiro fundo e sinto as fragrâncias da primavera que entram pela janela. Ela ficou aberta e o ar está meio frio. Sinto-me revigorado pela mudança de temperatura. Evelyn, uma das muitas enfermeiras ali que têm um terço da minha idade, me ajuda a sentar na cadeira que fica perto da janela e começa a fechá-la. Eu a detenho e, embora ela erga as sobrancelhas, aceita minha decisão. Ouço uma gaveta se abrir e, um instante depois, sinto um suéter ser colocado sobre os meus ombros. Ela o ajeita como se eu fosse uma criança e, quando termina, bate delicadamente em meu ombro. Ela não diz nada ao fazer isso e, pelo seu silêncio, sei que está olhando pela janela. Evelyn fica imóvel por um longo tempo e me pergunto em que está pensando, mas não faço a pergunta em voz alta. Por fim, eu a ouço suspirar. Ela se vira para sair e então para, inclina-se para a frente e beija meu rosto com ternura, como minha neta faz. Fico surpreso com o gesto e ela diz baixinho:

– É bom ter você de volta. Allie sentiu sua falta, assim como o restante de nós. Estávamos todos rezando para que se recuperasse, porque não é a mesma coisa aqui sem você.

Ela sorri para mim e toca meu rosto antes de sair. Não digo nada. Mais tarde, eu a ouço passar pelo quarto novamente, empurrando um carrinho, conversando com outra enfermeira, falando baixo.

As estrelas cobrem o céu esta noite e o mundo emite um brilho azul misterioso. Os grilos estão cantando e seu som abafa todo o resto. Enquanto me sento, imagino se alguém lá fora pode me ver, este prisioneiro do corpo. Dou uma olhada nas árvores, no pátio, nos bancos perto dos gansos, procurando sinais de vida, mas não vejo nada. Até mesmo o riacho está parado. Em meio à escuridão, parece um espaço vazio, e sou atraído pelo seu mistério. Observo por horas e vejo o reflexo de nuvens começar a aparecer na água. Uma tempestade se aproxima e, dentro de algum tempo, o céu ficará prateado, como se fosse o crepúsculo novamente.

Raios cortam o céu e sinto minha mente divagar. Quem somos nós, Allie e eu? Somos hera antiga em um cipreste, gavinhas e ramos tão entrelaçados que morreríamos se nos separassem? Não sei. Outro raio e a mesa ao meu lado se ilumina o suficiente para eu ver uma foto de Allie, a melhor que tenho. Eu a emoldurei anos atrás na esperança de que o vidro a fizesse durar para sempre. Pego o porta-retratos e o seguro a centímetros do rosto. Olho para ele por um bom tempo, não consigo evitar. Allie tinha 41 anos quando a foto foi tirada, e nunca fora mais bonita. Há tantas coisas que quero perguntar a ela, mas sei que a foto não vai responder, então a deixo de lado.

Esta noite, mesmo Allie estando mais à frente no corredor, estou sozinho. Sempre estarei sozinho. Esse pensamento me ocorreu enquanto estava no hospital. E tenho certeza disso quando olho pela janela e vejo as nuvens de tempestade aparecerem. Mesmo sem querer, fico triste pela nossa situação, pois percebo que, no último dia em que estivemos juntos, eu não a beijei nos lábios. E talvez nunca mais vá fazer isso. É impossível dizer, com essa doença. Por que eu penso nessas coisas?

Por fim me levanto, ando até a minha mesa e acendo o abajur. Isso exige mais esforço do que imagino e fico cansado, então não volto para a cadeira junto à janela. Sento-me e passo alguns minutos vendo as fotos em minha mesa. Fotos de família, fotos de filhos e férias. Fotos de Allie e eu. Paro para pensar em tudo o que vivemos juntos, sozinhos ou com a família, e mais uma vez percebo como estou velho.

Abro uma gaveta e encontro as flores que eu lhe dei certa vez há muito tempo, velhas, desbotadas e amarradas por uma fita. Assim como eu, estão secas, frágeis e difíceis de se manusear sem quebrar. Mas ela as guardou. "Não entendo o que você quer com isso", eu dizia, mas ela me ignorava. E, às vezes, à noite, eu a via segurando-as, quase reverentemente, como se elas guardassem o segredo da própria vida. Mulheres...

Já que esta parece ser uma noite de recordações, procuro e encontro minha aliança de casamento. Está na gaveta de cima, embrulhada em um tecido. Não posso mais usá-la porque os nós dos meus dedos estão inchados e ela prenderia a circulação do sangue. Abro o tecido e vejo que ela continua igual. É poderosa, um símbolo, um círculo, e eu sei, *eu sei* que nunca poderia haver outra. Sabia disso na época e sei agora. E, nesse instante, sussurro:

– Ainda sou seu, Allie, minha rainha, minha beleza atemporal. Você é, e sempre foi, a melhor coisa na minha vida.

Pergunto-me se ela me ouve dizer isso e espero por um sinal. Mas nada acontece.

São onze e meia e procuro a carta que ela me escreveu, aquela que leio quando estou abatido. E a encontro onde a deixei pela última vez. Viro-a algumas vezes antes de abri-la e, quando o faço, minhas mãos começam a tremer. Então a leio:

Querido Noah,
Escrevo esta carta à luz de velas enquanto você dorme no quarto que compartilhamos desde o dia do nosso casamento. E,

embora eu não possa ouvir os sons suaves do seu sono, sei que você está lá e logo estarei deitada ao seu lado outra vez, como sempre. Vou sentir seu calor e seu conforto, e sua respiração lentamente me guiará até o lugar em que sonho com você e o homem maravilhoso que é.

Vejo a chama ao meu lado e isso me faz lembrar de outro fogo, décadas atrás, quando eu usava suas roupas macias e você, sua calça jeans. Soube na época que ficaríamos juntos para sempre, embora tenha hesitado no dia seguinte. Meu coração fora aprisionado, amarrado por um poeta do Sul, e algo dentro de mim dizia que, na verdade, sempre fora seu. Quem era eu para questionar um amor que andava em estrelas cadentes e rugia como ondas se quebrando? Pois era assim entre nós naquela época e é assim hoje.

Lembro-me de quando voltei para você no dia seguinte, o mesmo dia em que minha mãe apareceu. Eu estava tão assustada, mais assustada do que nunca, porque tinha certeza de que você nunca me perdoaria por tê-lo deixado. Eu tremia quando saí do carro, mas você acabou com tudo isso com seu sorriso e a maneira como estendeu a mão para mim. "Que tal tomar um café?", foi tudo o que você disse. E nunca mais tocou no assunto. Em todos os nossos anos juntos.

Você nem questionava quando eu saía para caminhar sozinha nos dias seguintes. E, quando eu voltava com lágrimas nos olhos, você sempre soube quando precisava me abraçar ou só me deixar sossegada. Não sei como você sabia, mas você sabia, e tornava tudo mais fácil para mim. Algum tempo depois, quando fomos à pequena capela, trocamos alianças e fizemos nossos votos, olhei em seus olhos e soube que tinha tomado a decisão certa. Porém, ainda mais do que isso, eu soube que tinha sido tola por sequer considerar outra pessoa. E nunca mais hesitei.

Tivemos uma vida maravilhosa juntos, e penso muito nisso agora. Fecho os olhos às vezes e o vejo com seu cabelo grisalho, *sentado na varanda, tocando violão, enquanto os pequenos brincam e aplaudem a música que você criou. Suas roupas estão manchadas por horas de trabalho e você está cansado, e, embora eu lhe fale para relaxar um pouco, você sorri e diz: "É isso que estou fazendo agora." Acho seu amor por nossos filhos muito sensual e emocionante. "Você é um pai melhor do que imagina", digo a você mais tarde, quando nossos filhos já estão dormindo. Logo depois, tiramos nossas roupas e nos beijamos e quase nos deixamos levar completamente antes mesmo de nos deitarmos nos lençóis de flanela.*

Eu amo você por muitas coisas, principalmente suas paixões, pois sempre foram as coisas mais bonitas na vida. Amor, poesia, paternidade, amizade, beleza e natureza. E fico feliz por você ter ensinado essas coisas aos nossos filhos, pois sei que a vida deles é melhor por isso. Eles me dizem quão especial você é para eles e, sempre que fazem isso, me sinto a mulher mais sortuda do mundo.

Você também me ensinou, me inspirou e me deu apoio com minhas pinturas, e nunca saberá quanto isso significou para mim. Minhas obras estão em museus e coleções particulares agora e, embora tenha havido momentos em que me senti esgotada e confusa por causa de exposições e críticas, você sempre esteve ao meu lado, encorajando-me com palavras gentis. Você entendeu minha necessidade de ter meu próprio estúdio, meu próprio espaço, e via além da tinta nas minhas roupas, no meu cabelo e às vezes nos móveis. Sei que não foi fácil. É preciso ser um verdadeiro homem para isso, Noah, para conviver com algo assim. E você é assim. Há 45 anos. Anos maravilhosos.

Você é meu melhor amigo, assim como meu amante, e não sei de que lado seu gosto mais. Valorizo cada um deles, assim como valorizo nossa vida juntos. Você tem algo dentro de si, Noah, algo bonito e forte. Bondade, é isso que vejo quando olho para você agora, é o que todo mundo vê. Bondade. Você é o homem mais tolerante e tranquilo que conheço. Deus está com você. Ele deve estar, pois você é o mais próximo de um anjo que já vi.

Sei que você me achou louca por nos fazer escrever nossa história antes de deixarmos nossa casa, mas tenho meus motivos e lhe agradeço por sua paciência. E, embora tenha perguntado, eu nunca lhe disse por quê, mas agora acho que está na hora de você saber.

Tivemos uma vida que a maioria dos casais nunca soube ser possível e, ainda assim, quando olho para você, fico assustada em pensar que tudo isso acabará em breve. Pois nós dois sabemos meu prognóstico e o que isso significa para nós. Vejo suas lágrimas e me preocupo mais com você do que comigo, porque temo a dor pela qual sei que irá passar. Não tenho palavras para expressar quanto sinto por isso.

Mas amo você tanto, tão profundamente, que vou encontrar uma forma de voltar para você apesar da minha doença, eu lhe prometo. E é aí que nossa história entra. Quando eu estiver perdida e solitária, leia a história – exatamente como você contou aos nossos filhos – e sei que, de alguma maneira, vou perceber que fala de nós. E talvez, apenas talvez, possamos encontrar uma maneira de estar juntos novamente.

Por favor, não fique bravo comigo nos dias em que eu não me lembrar de você; nós dois sabemos que esses dias chegarão. Lembre-se de que eu o amo, que sempre vou amar e, não importa o que aconteça, saiba que minha vida foi a melhor possível. Minha vida com você.

E, se você guardar esta carta para reler mais tarde, então acredite de novo no que estou escrevendo para você agora. Noah, onde quer que esteja e seja quando isso for, eu amo você. Eu o amo agora, enquanto escrevo esta carta, e o amo agora, enquanto você a lê. E sinto muito se não consigo lhe dizer. Eu o amo demais, meu marido. Você é e sempre foi meu sonho.

Allie

Quando termino de ler a carta, deixo-a de lado. Afasto-me da mesa e encontro meus chinelos. Estão perto da cama e preciso me sentar para colocá-los. Depois me levanto, atravesso o quarto e abro a porta. Espio o corredor e vejo Janice sentada junto ao balcão principal. Pelo menos, acho que é Janice. Preciso passar por esse balcão para chegar ao quarto de Allie, mas não devo deixar meu quarto a esta hora, e Janice nunca foi de fazer exceção às regras. Seu marido é advogado.

Espero para ver se ela vai embora, mas ela não parece estar pensando em sair dali, e fico impaciente. Por fim, saio do quarto de qualquer maneira: arrasta lentamente-desliza-para-a-direita-arrasta-lentamente. Levo uma eternidade para chegar lá, mas, por algum motivo, ela não percebe minha aproximação. Sou uma pantera silenciosa rastejando pela selva, tão invisível quanto filhotes de pombo.

No fim das contas, sou descoberto, mas não fico surpreso. Paro diante dela.

– Noah – diz ela –, o que está fazendo?

– Vou dar uma volta – digo. – Não consigo dormir.

– Você sabe que não pode fazer isso.

– Eu sei.

Mas não me movo. Estou determinado.

– Você não vai mesmo dar uma volta, não é? Vai ver a Allie.

– Sim – respondo.

– Noah, você sabe o que aconteceu da última vez em que a viu à noite.

– Eu lembro.

– Então sabe que não devia fazer isso.

Não respondo diretamente. Em vez disso, falo:

– Sinto falta dela.

– Sei que sente, mas não posso deixá-lo ir vê-la.

– É nosso aniversário de casamento – informo-a.

É verdade. Falta um ano para nossas bodas de ouro. Fazemos 49 anos hoje.

– Entendo.

– Então posso ir?

Ela olha para o outro lado por um instante e sua voz muda. Soa mais suave agora, e estou surpreso. Ela nunca me pareceu o tipo sentimental.

– Noah, trabalho aqui há cinco anos e trabalhei em outra clínica de repouso antes desta. Já vi centenas de casais sofrerem com o pesar e a tristeza, mas nunca vi ninguém lidar com isso como você. Ninguém por aqui, nem os médicos, nem as enfermeiras, jamais viu algo assim.

Ela para por um instante e, estranhamente, seus olhos começam a se encher de lágrimas. Então ela as limpa com o dedo e continua:

– Tento pensar em como é para você, como segue em frente dia após dia, mas não consigo nem imaginar. Não sei como faz isso. Você até consegue vencer a doença dela às vezes. Mesmo que os médicos não entendam como, nós, enfermeiras, entendemos. É amor, simples assim. É a coisa mais incrível que já vi.

Sinto um nó na minha garganta e fico sem palavras.

– Mas, Noah, você não deve fazer isso, e não posso deixar. Então volte para o seu quarto.

Ela sorri discretamente, funga e mexe em alguns papéis no balcão.

– Vou descer para tomar um café. Não voltarei para vê-lo por um tempo, então não faça nenhuma besteira – conclui.

Janice se levanta rapidamente, toca em meu braço e caminha em direção às escadas. Ela não olha para trás, e de repente estou sozinho. Não sei o que pensar. Olho para onde ela estava sentada e vejo seu café, um copo cheio, ainda fumegando, e mais uma vez percebo que há pessoas boas no mundo.

Sinto-me confortado pela primeira vez em anos quando começo minha difícil caminhada até o quarto de Allie. Dou passadas minúsculas e, mesmo nesse ritmo, é perigoso, pois minhas pernas já ficaram cansadas. Preciso me apoiar na parede para não cair. As lâmpadas zumbem no alto, seu brilho fluorescente fazendo minha vista doer, e estreito um pouco os olhos. Passo por uns dez quartos agora escuros, quartos onde já li antes, e percebo que sinto falta das pessoas lá dentro. São meus amigos, rostos que conheço tão bem, e verei todos eles amanhã. Mas não esta noite, pois não há tempo para paradas nesta jornada. Sigo em frente, e o movimento força o sangue através das artérias envelhecidas. Sinto que fico mais forte a cada passo. Ouço uma porta se abrir atrás de mim, mas não escuto passos, e continuo andando. Sou um fora da lei agora. Não podem me deter. Um telefone toca na sala da enfermagem e sigo em frente para não ser pego. Sou um bandido da meia-noite, mascarado e fugindo a cavalo de adormecidas cidades no deserto, seguindo a toda a velocidade em direção a luas amareladas, com ouro em pó em meus alforjes. Sou jovem e forte, com paixão no coração, e vou derrubar a porta, erguer minha amada nos braços e carregá-la até o paraíso.

Quem estou enganando?

Agora eu levo uma vida simples. Sou tolo, um velho apaixonado, um sonhador que não sonha com nada além de ler para Allie e abraçá-la sempre que puder. Sou um pecador com muitas falhas e um homem que acredita em magia, mas velho demais para mudar e velho demais para me importar.

Quando finalmente chego ao quarto dela, meu corpo está fraco. Minhas pernas estão trêmulas; meus olhos, turvos; e meu coração bate descompassado. Tenho dificuldade para mover a maçaneta e no final preciso das duas mãos e de toneladas de esforço. A porta se abre e a luz do corredor se derrama lá dentro, iluminando a cama onde ela dorme. Quando a vejo, penso que não passo de um transeunte em uma movimentada rua da cidade, esquecido para sempre.

Seu quarto está em silêncio e ela está deitada com as cobertas até a metade do corpo. Depois de um instante, eu a vejo rolar para um lado e seus ruídos trazem de volta lembranças de tempos mais felizes. Ela parece pequena na cama e, enquanto a observo, sei que acabou para nós. O ar cheira a mofo e eu estremeço. Este lugar se tornou nossa tumba.

Neste nosso aniversário não me mexo por quase um minuto e anseio por lhe dizer como me sinto, mas fico em silêncio para não acordá-la. Além disso, está escrito no pedaço de papel que vou deixar debaixo de seu travesseiro:

O amor, nestas últimas e ternas horas,
É sensível, puro, sem igual.
Vem então a aurora com a suave luz da manhã
Despertar este amor imortal.

Acho que ouço alguém vindo, então entro no quarto dela e fecho a porta. A escuridão toma conta do lugar. Atravesso o quarto me baseando em minha memória e chego à janela. Abro as cortinas e a lua me olha, grande e cheia, a guardiã da noite. Viro-me para Allie e sonho mil sonhos, e, embora saiba que não deveria, eu me sento em sua cama enquanto coloco o papel embaixo do travesseiro. Então estendo a mão e toco suavemente seu rosto macio. Acaricio seus cabelos e fico sem ar. Maravilhado, admirado, como um compositor que ouve as obras de Mozart pela primeira vez. Ela se agita e abre os olhos, estreitando-os levemente, e de repente me arrependo de minha tolice, porque sei que Allie vai começar a chorar e gritar, pois é isso que sempre faz. Sou impulsivo e fraco, sei disso, mas sinto um ímpeto de tentar o impossível e me curvo em direção a ela, nossos rostos se aproximando.

Quando seus lábios encontram os meus, sinto um formigamento estranho que nunca senti antes em todos os nossos anos juntos, mas não me afasto. E, de repente, um milagre: sinto sua boca se abrir e descubro um paraíso esquecido, inalterado todo esse tempo, imutável como as estrelas. Sinto o calor de seu corpo e, quando nossas línguas se encontram, me entrego, como fazia tantos anos atrás. Fecho os olhos e me torno um grande barco em águas agitadas, forte e sem medo, e ela é a minha vela. Acaricio suavemente o contorno de seu rosto e então pego sua mão na minha. Beijo seus lábios, seu rosto e a ouço respirar fundo. Ela murmura suavemente:

– Ah, Noah... Senti sua falta.

Outro milagre – o maior de todos! –, e não tenho como conter as lágrimas enquanto seguimos em direção ao paraíso. Pois, neste momento, o mundo parece um sonho quando sinto seus dedos alcançarem os botões da minha camisa e, muito lentamente, começarem a abri-los um por um.

Agradecimentos

Esta história é o que é hoje graças a duas pessoas especiais, e eu gostaria de agradecer a elas por tudo o que fizeram.

Theresa Park, a agente que me tirou da obscuridade. Obrigado por sua gentileza, sua paciência e as muitas horas que passou trabalhando comigo. Serei eternamente grato.

Jamie Raab, minha editora. Obrigado por sua sabedoria, seu humor e sua natureza gentil. Você tornou essa experiência maravilhosa para mim, e fico feliz em poder chamá-la de amiga.

CONHEÇA OUTRO TÍTULO DO AUTOR

O casamento

Após quase 30 anos de casamento, Wilson Lewis é obrigado a encarar uma dolorosa verdade: sua esposa, Jane, parece ter deixado de amá-lo, e ele é o único culpado disso.

Viciado em trabalho, Wilson costumava passar mais tempo no escritório do que com a família. Além disso, nunca conseguiu ser romântico como o sogro era com a própria mulher. A história de amor dos pais de Jane, contada em *Diário de uma paixão*, sempre foi um exemplo para os filhos de como um casamento deveria ser.

Diante da incapacidade do marido de expressar suas emoções, Jane começa a duvidar de que tenha feito a escolha certa ao se casar com ele. Wilson, porém, sente que seu amor pela esposa só cresceu ao longo dos anos. Agora que seu relacionamento está ameaçado, ele vai fazer o que for necessário para se tornar o homem que Jane sempre desejou que ele fosse.

Em *O casamento*, Nicholas Sparks faz os leitores relembrarem a alegria de se apaixonar e o desafio de se manterem apaixonados.

CONHEÇA OUTROS TÍTULOS DA EDITORA ARQUEIRO

Queda de gigantes, *Inverno do mundo* e *Eternidade por um fio*, de Ken Follett

Não conte a ninguém, *Desaparecido para sempre*, *Confie em mim*, *Cilada*, *Jogada mortal*, *Fique comigo*, *Seis anos depois* e *Que falta você me faz*, de Harlan Coben

A cabana e *A travessia*, de William P. Young

A farsa, *A vingança* e *A traição*, de Christopher Reich

Água para elefantes, de Sara Gruen

Inferno, *O símbolo perdido*, *O Código Da Vinci*, *Anjos e demônios*, *Ponto de impacto* e *Fortaleza digital*, de Dan Brown

O milagre, *Uma carta de amor*, *Uma longa jornada*, *O melhor de mim*, *O guardião*, *Uma curva na estrada*, *À primeira vista* e *O resgate*, de Nicholas Sparks

Julieta, de Anne Fortier

O guardião de memórias, de Kim Edwards

O guia do mochileiro das galáxias; *O restaurante no fim do Universo*; *A vida, o Universo e tudo mais*; *Até mais, e obrigado pelos peixes!*, *Praticamente inofensiva*, *O salmão da dúvida* e *Agência de Investigações Holísticas Dirk Gently*, de Douglas Adams

O nome do vento, *O temor do sábio* e *A música do silêncio*, de Patrick Rothfuss

A passagem e *Os Doze*, de Justin Cronin

A revolta de Atlas e *A nascente*, de Ayn Rand

A conspiração franciscana, de John Sack

INFORMAÇÕES SOBRE A ARQUEIRO

Para saber mais sobre os títulos e autores
da EDITORA ARQUEIRO,
visite o site www.editoraarqueiro.com.br
e curta as nossas redes sociais.
Além de informações sobre os próximos lançamentos,
você terá acesso a conteúdos exclusivos e poderá participar
de promoções e sorteios.

www.editoraarqueiro.com.br

facebook.com/editora.arqueiro

twitter.com/editoraarqueiro

instagram.com/editoraarqueiro

skoob.com.br/editoraarqueiro

Se quiser receber informações por e-mail,
basta se cadastrar diretamente no nosso site
ou enviar uma mensagem para
atendimento@editoraarqueiro.com.br

Editora Arqueiro
Rua Funchal, 538 – conjuntos 52 e 54 – Vila Olímpia
04551-060 – São Paulo – SP
Tel.: (11) 3868-4492 – Fax: (11) 3862-5818
E-mail: atendimento@editoraarqueiro.com.br